在交友軟體上與前任重逢了。

VOLUME.

3

ナナシまる Illustration 秋乃える

Kadokawa Fantastic Novels

序章　在交友軟體上認識的人，可能是朋友的朋友。

「前輩，你對客人不能親切一點嗎？」

我跟平常一樣在色調單一的店內打工時，後輩田中冷淡地對我說。

「小田，別看他這樣，小翔很努力了。看到他平常跟流浪貓老大一樣，妳就會知道他現在這樣已經非常努力了。」

「流浪貓老大……」

緣司出面幫助正遭到田中斥責的我說話，聽起來卻有點像在酸我。記得光也說過類似的話。

「我知道自己臉很臭啦。我以後會多注意，抱歉。」

「……沒、沒關係。我才要道歉，身為後輩還這麼囂張，不好意思。」

短髮隨著她鞠躬的動作而搖晃。田中就這樣逃也似的端著托盤，將義大利麵送去給客人。

田中是不久前開始在這家咖啡廳打工的大一女生，比我和緣司小兩歲。她親切可愛、學得又快，而且責任感強。雖然有時有輕浮的一面，這部分也讓她這個女生顯得更有魅力，所以主婦、學生、店長以及客人都很喜歡她，可以說是這家咖啡廳的招牌店員。而她……不知為何只對我特別冷淡。

在我面前也完全看不到原有的親切個性。而且總是瞪著我跟我說話，講出口的話也全是挑剔或抱怨——如同不久前的光。

「緣司，田中為什麼會討厭我啊？」

「不知道耶。你是不是做了什麼？」

毫無頭緒。可是如果我什麼都沒做，她應該不會用那個態度對我。

「以你的個性，肯定是你做了什麼好事。」

「你這句話是什麼意思？」

「沒有啦～或許是你自認對小田好的那些行為，其實帶給她困擾也不一定喔？畢竟你有前科嘛。」

緣司八成在指楓小姐那件事。我硬要讓他和楓小姐見面，曾經跟他大吵一架，被他罵是在多管閒事。不過，最後他們順利和好了，所以他沒道理抱怨我。

「我給你造成困擾了嗎？」

「不會。抱歉，剛才那個說法有點壞。這或許只是結果論，可是我是託你的福才能跟小楓重修舊好……我很感謝你。」

緣司看著我微笑，表情反應出講這句話絲毫不會難為情的坦率個性。

「別這樣，我會不好意思。」

「哇～你臉好紅喔～？」

「吵死了，給我去工作。」

在那之後，緣司就變得不太一樣。雖然不是肉眼可見的明顯改變，跟別人講話時他假笑的頻率降低了。

「在那之後，你和楓小姐有什麼進展嗎？」

「你難得會主動聊起戀愛話題耶？」

「會好奇很正常吧？你想想，畢竟是我牽線的。」

「哇，一副有恩於我的態度。」

「你不是說很感謝我嗎！」

像這樣愛逗我這一點倒是一點都沒變，真是讓人火大的傢伙。不過同時又覺得這傢伙讓人討厭不起來……

「我和她的相處模式沒什麼差喔。昨天她來我家吃飯洗澡，懶得回家就留下來過夜，現在大概也在我床上睡覺。」

「都做到這個地步了，竟然還沒交往……」

「因為我們是青梅竹馬嘛。小時候就在一起生活了，相處起來可能比較像家人。」

「家人……」

青梅竹馬的距離感真恐怖。

楓小姐看起來就不會做菜，應該是緣司煮飯給她吃吧。假如他知道我有這種刻板印象，八成會生氣。

「我們還會一起洗澡喔。」

「是喔……啥！」

「嚇我一跳……不要突然大聲說話啦。小心又被店長罵喔。」

「呃，因為你剛才說……」

意思是他看過楓小姐赤裸的胸部嘍？

竟然因為想像朋友的胸部而受到動搖，我很抱歉，可是不能怪我吧？誰教胸部又會動又會搖……

「你們該不會沒在交往，卻會做奇怪的事吧……？」

「……嗯？小翔，我不懂你在說什麼……啊，哦～」

緣司露出捉弄我時的表情。令人火大的表情。

「我和小楓一起洗澡，是國中的時候啦。你以為我們是昨天一起洗嗎？你這個悶騷色狼～」

「不是，就算是國中也不行吧！」

這傢伙的道德觀是不是有問題啊？國中生是對那種事最敏感的年紀吧？不過楓小姐感覺就不會介意，會真的跟他一起洗。

「前輩，請你小聲點！」

「啊，田中，抱歉。」

送完義大利麵回來的田中狠狠瞪著我。我剛剛確實太大聲了，但緣司這個罪魁禍首也應該一起被罵才對，氣死我了。

「小翔，你又被罵了呢。」

「有部分是你害的。」

「是你自己要大叫的吧？話說小田果然只對你一個人特別嚴格耶。我平常很少看到她生氣……」

真的，田中為什麼討厭我呢？

我看著去廚房放餐具的田中背影試著思考原因，卻毫無頭緒。

「直接去問她吧。順便把垃圾拿去後門倒。」

「就這麼辦吧……還有，我在這邊好歹是前輩，別使喚我。」

「真是心胸狹窄的男人耶。」

我用食指往緣司的側腹猛戳，聽著他發出我不想聽的「啊嗚！」呻吟聲，然後將垃圾袋提到位於廚房底部的後門。

剛好田中好像也要去後門拿東西，我幫她打開沉重的大門，她儘管瞪著我，還是鞠躬向我道謝。

「田中，妳有加入社團嗎？」

先向她提問，縮短內心的距離。

能從對話內容之中找到她討厭我的原因就當賺到了，縱使不知道原因，縮短距離後說不定有機會直接問她。

「小學和國中這九年有參加空手道社。怎麼了嗎？」

啊啊，快不行了。為什麼問個社團就要生氣啊？

「沒什麼，只是好奇而已。不過好厲害耶，居然學了九年。妳今年大一對吧？沒參加社團了嗎？」

「對。現在忙著打工和監……經營興趣。」

「監？」

「沒事。」

她這麼說著，再次瞪向我。

可能是我指出她講話吃螺絲，惹她生氣了。明明想跟她拉近距離，關係卻變得比之前更差了。

既然如此，換成稱讚她看看吧。

倘若想改善人際關係，稱讚很重要。畢竟不會有人受到稱讚還瞪人吧。

「妳好會做聖代耶。我打工那麼久，還是要花一堆時間。所以妳剛進來就做得這麼好，真的很厲害耶。」

完美，這招如何啊？這樣她總不會生氣了吧？

我觀察田中的反應，她卻別過頭，使我看不清楚她的表情。因為湊過去看也很奇怪，只能等她開口。

田中拆開放在腳邊的紙箱小聲地說：

「因為我高中是學生會長……」

「咦？這跟聖代有關係嗎？」

「真是的，這不重要吧！請你快點去丟垃圾，回去上班！」

她的語氣變激動了，我判斷繼續討好她也只會惹她生氣，照她所說丟完垃圾，便急忙回到店內。

到頭來還是不知道田中只對我態度冷淡的理由。

時間來到星期一，又要到學校上課了。

六月溼熱的天氣令人煩躁，可是來到食堂，六月模樣的心同學會穿著夏裝迎接我。

我在內心擺出勝利姿勢，覺得天氣熱也不賴。

淡藍色的襯衫洋裝搭配白色針織背心。一如既往的清純系偶像風，以及柔順的黑色長髮。

全世界的男性啊，樂園就存在於此。心同學滿載男人的理想啊。

「午安，翔同學。」

「午安，心同學。」

「午安，翔同學♡」

「緣司，你好噁，語尾感覺加了愛心。」

「為什麼你都不肯跟我說午安呢～我會吃醋喔～」

大概是在模仿心同學，緣司將雙手放在臉頰旁邊，眼睛閃閃發光。我沒有對男人心動的嗜好。

「心同學，對不起，因為我太晚來，害妳跟他兩人獨處。」

「不會，他在跟我聊你，我聽得很開心。」

「聊我……？」

對於她和緣司聊得有說有笑這點，總覺得有點不甘心，不過算了。

「緣司，你跟心同學說了什麼啊？」

「不然我再說一次給你聽吧？」

看他那不懷好意的笑容，八成是我羞恥的事蹟。可是我很在意，便點頭同意了。

「小翔在我身陷危機時颯爽登場！」
緣司使出全身擺出英雄戰隊般的姿勢。我已經不想聽了。
這傢伙肯定說了廢話吧？
「他向我伸出援手，我卻拒絕了他！說那件事跟他沒關係！可是小翔依然對我說！
因為我們是朋——」
「夠了。」
我摀住緣司的嘴巴。
食堂裡的其他學生都在注意失控的緣司，他講話又大聲，丟臉死了。
心同學在場會引來男性的注目，緣司在場則會引來女性的注目。
其他人感覺會覺得他們為什麼要跟我這種人待一起，會讓人感到哀傷。
「快要講到精采之處了耶～」
「你再敢這麼做，我就跟你絕交。」
「你不敢啦。要是沒有我，你不就沒人陪了嗎？」
「才不會。還有心同學在。」
「翔同學……」

大概在害羞，心同學臉紅了。

周圍男性的目光銳利得嚇人。啊啊，對喔。我們現在很引人注目，講錯話了。

換個話題吧。然後也要注意音量，否則遲早會招人怨恨。

「對了，緣司，你作業寫完了嗎？」

「……作業？那是什麼？」

「沒寫完是吧。」

今天我們預計之後要跟光會合，四人一起去心同學家玩。

一開始是心同學提議的。她表示：「我想請朋友到家裡玩……！」我聽了自然想幫她實現願望。

心同學打算煮晚餐給大家吃的樣子。光以前賞花時被她一手掌握了胃，當然也要參加；緣司也堅持要去。

我本來也想邀請楓小姐，可是心同學不認識她，初次見面就約在家裡不太好，便決定下次再說。不過，這些都必須先搞定今天得交出去的作業才能參加。

我無論如何都想吃到心同學做的菜，所以已經寫完了，緣司卻沒能趕上的樣子。

「說起來，還不都是因為你平常就習慣累積一堆作業。」

「我還以為你也是同類……你這個叛徒！」
「心同學寫完了嗎？」
「是的，我是馬上就會寫好的類型……」
「你看，我們是多數派，你才是叛徒。」
「小翔大笨蛋～！沒人性～！人渣～！因為我們是朋友～！」
「這個哏你要玩到什麼時候！」
心同學面帶微笑看著我和緣司鬥嘴。她能像這樣交到我以外的朋友真是太好了。
最近她講話幾乎不會吃螺絲，跟我們剛認識的時候比起來，有了正面的改變。
我甚至覺得沒有我也沒關係。
……這樣有點寂寞。
「那你努力寫作業吧。我會拍心同學做的菜給你看。」
「這樣更哀傷耶？」
緣司跟我抱怨了一段時間，這時心同學說：「我去一下洗手間。」便離開座位。
緣司彷彿在等待這個時機，從上學用的托特包裡拿出一個東西。
「至少把它當成今天沒空參加的我，帶在身上吧……你一定會用到。」

他遞給我裝在正方形小袋子裡的圓形物體。

「啊～感激不盡～收到一之瀨同學送的保險套了～這東西有多少都不嫌多呢～最好是啦！光也會來好不好！不對，我在說什麼，就算光不會來也用不到！」

「哈哈哈哈！你好會自我吐槽！」

我拋下白痴緣司，跟心同學一起坐電車到她家最近的車站。因為我們約在那邊和光會合。

「心～！」

打扮跟心同學一樣換成六月模樣的光從驗票口另一頭跑過來，立刻抱住心同學。

光的服裝風格跟心同學有所差異，不過應該不會有男性討厭。

黑長靴和膝上短褲之間的大腿既纖細又雪白，讓人不敢相信她食量其實很大。炭灰色的大尺寸連帽外套長度偏長，因此蓋住了短褲，導致她下半身看起來就像什麼也沒穿，在車站前引來男性的注目。

「光，妳好。妳抱得太用力了啦！」

「對不起！可是今天妳邀我去妳家，我好高興。」

她們感情真的好好。儘管值得高興，別把我晾在旁邊啦。很寂寞耶。
「啊，翔，嗨。」
「好隨便！」
光發現我便隨便揮了下手，終於放開心同學，我們三人便一同走向心同學家。
「今天真的可以去妳家吃飯嗎？要吃晚餐的話，妳的家人也會在家吧？」
「沒關係，今天我爸媽不在家。」
我在腦中咀嚼「爸媽不在家」這句話。
剛才跟緣司的對話害我想到奇怪的方向。那傢伙就連不在的時候都要鬧我嗎……
光不曉得察覺到什麼，往我這邊瞪來。跟田中比起來，目光真是溫柔。我是長男所以可以忍受那個眼神，如果我是次男就無法承受了……但我是獨生子就是了。
「我姑且帶了伴手禮，等妳爸媽回來，可以幫我轉交給他們嗎？」
「真、真素太感謝惹……」
今天的第一次吃螺絲出現了。
心同學擁有一顆被少女漫畫影響的少女心，我猜測她在心中想像這樣跟結婚時見父母打招呼一樣，覺得不好意思。

「我也帶了伴手禮。」

「也謝謝光。我之後會跟家人們一起享用。我今天會依照妳的要求煮咖哩，希望會好吃……」

「萬歲──！」

光舉起雙手歡呼，簡直跟小孩沒兩樣。話雖如此，我也在內心擺出今天第二次的勝利姿勢。

居然吃不到心同學做的咖哩，你活該啦，緣司。

我們在車站前面的超市採購食材，走了幾分鐘抵達心同學家。

根據心同學給人的印象，我也考慮過她是家裡有管家在的千金小姐的可能性，實際上卻是比想像中更普通的透天厝。

不知道是屋齡還不久，還是因為心同學住在裡面，才顯得特別神聖，外牆的白色部分散發耀眼的光芒。

這就是初音家……！

「那麼，請進……」

心同學一臉害羞地為我們打開玄關門，我瞄了一眼寫著「初音」二字的門牌，走進其中。

「打擾了。」

我先進門內，接著光跟在後面。

心同學拿出拖鞋，突然跪到地上。

「今、今天承、承蒙兩位大洽光臨……！」

「心同學，放輕鬆、放輕鬆。」

「謝謝妳邀我們來～」

光也模仿心同學，此時深深鞠躬。

心同學比受到招待的我們還要緊張，八成是因為從來沒有朋友來過她家……

我們將脫下來的鞋子放整齊，之後換上心同學準備的拖鞋，她便樂得展露笑容。

「那雙拖鞋是我跟翔同學成為朋友時買的，希望哪天有機會能給你穿……」

我跟心同學成為朋友的時候，大概是第一次見面的時候，可是當時她就料到我會來她家玩了嗎……？

不對，比起料到，大概更接近期待……？

「洗手的地方在哪裡呢？」

「走廊盡頭有個門是浴室更衣室，那邊有洗手臺。」

「謝謝。」

光還在努力脫長靴，先去洗手好了。

我走向洗手臺，同時覺得褲子右邊的口袋好像有東西，便把手伸了進去。

我拿出那東西，拉開洗手臺的拉門。

「前、前輩……！」

我的視線落在腳邊，所以沒有發現，但是裡面似乎有人。

我望向聲音的來源。映入眼簾的是穿著膚色衣服……不對，這不是衣服……

——是肌膚。

而且，令人驚訝的不只這件事。眼前的人使我瞬間停止思考。

「————咦？」

瑟瑟發抖的身體，以及剛洗完澡帶有水氣的肌膚。

只有用毛巾稍微擦過的溼髮，強調這一幕是色色的場景。

「你……！你要看到什麼時候啊！」

「……啥！為、為什麼田中會在這裡！」

不對，比起這件事，現在得先趕快離開才行。

雖說重要部位用毛巾遮住了，田中可是全裸狀態。她的臉頰迅速染紅，看見我右手握住的東西。

喂喂喂，緣司，你到底要整我到什麼程度才會滿意啊？

「你這個……變態！」

「好痛！」

我被賞了一巴掌，然後被轟到走廊上，右手握著應該是緣司偷放進來的保險套。

第一話　受到對方家人喜愛，對方也會比較容易對你有好感。

「對不起，我妹真的是……」

心同學用保冷劑幫我冰敷腫起來的右臉，看起來真心感到愧疚。

讓我臉腫起來的元凶則絲毫沒有反省之意，囂張地雙臂環胸瞪著我。

「好了，天也快跟人家道歉……！」

「不要。又不是我的錯。」

「對不起……」

這樣一看，心同學還真有姊姊的風範。平常明明不會給人可靠的感覺，在田中面前卻顯得很穩重。

「心同學，沒關係。雖說是意外，我不小心看到她剛洗好澡的樣子是事實……對不起，田中。」

「田中……？」

心同學納悶地歪過頭，與此同時，田中用比平常銳利的眼神瞪著我。喔，我懂了。田中是心同學的妹妹，姓氏應該是初音才對。

換句話說，她在店裡因為某些原因使用假名來打工。再說我也沒聽說心同學生長在複雜的家庭環境。

「啊～這是綽號啦。對不對，田中？」

她之所以用假名打工，應該有什麼不能被人發現她在打工的理由。

總而言之，現在最好先配合她。

「怎麼，翔？你跟心的妹妹見過面嗎？」

「啊，呃，那個……」

「唉……不用了，前輩。」

田中嘆了口氣站起來，或許是放棄掙扎了。

「我的本名叫做初音天，是她的妹妹，以及跟前輩在同一間咖啡廳打工的後輩。」

「……為什麼要用假名呢？」

「等等，我和心聽不懂，現在是什麼情況？」

轉頭一看，光自然不用說，心同學也很困惑。她肯定不知道田中和我在同一間咖啡廳打工吧。

「不久前，我打工的店錄取了一個姓田中的女生。那個人就是……」

我先望向田中，再將視線移到光和心同學身上。她們兩人聞言好像還是困惑不已，搞不清楚狀況。不意外，因為我也一頭霧水。

「那她為什麼要自稱田中呢？」

「我正在問這件事……田中，為什麼啊？」

田中低著頭沉默不語，一句話都不肯說。

看到心同學把手放在她的背上且神情擔憂看著她的模樣，我不忍心繼續逼問她。

「不想說也沒關係。對不起，我太驚訝了。」

「——是為了監視前輩。」

「……什麼？」

田中跟平常一樣瞪著我接著說：

「我不提高戒心，避免怪男人接近姊姊的話，會有人想拐騙不諳世事的姊姊。我猜想前輩搞不好也跟之前那些男人一樣，才開始監視你。」

「等一下，我跟妳第一次見面是在店裡吧？我從來沒提過心同學，妳怎麼知道我認識她……」

「啊，大概是因為我跟她聊過……」

心同學面帶愧疚地說。在我不在場的時候跟妹妹聊到我……不知道她說了什麼。

「聽說她最近在交友軟體上認識一個男生，我擔心得要命。交友軟體上感覺就有很多怪人，而且實際上你明明要去女生家玩，卻帶了其他女生，而且還是前女友。也就是說你只把姊姊當成一個呼之即來、揮之即去，好搞定的女人吧？那種人和姊姊——」

「這傢伙才不是那種人。」

我受到衝擊。

因為在田中滔滔不絕地挑我毛病時打斷她說話的，是最有可能贊同她的光。

「妳叫做天對不對？監視了翔這麼久，妳對他有什麼看法？他像那種人渣嗎？」

「……妳是光小姐對吧？妳不也是被前輩當成方便使喚的女人而留在身邊嗎？」

「我才沒那麼……」

「我純粹是想跟他在一起，才和他相處。就算翔覺得我是方便使喚的女人也無所謂，因為這是我自己的意願。」

我感覺到光難得真的生氣了。平常她對我生氣的態度，比較接近在開玩笑。這次卻不同。

即使是田中大概也不敵光的怒氣，她垂下肩膀，宛如斷了牙的猛獸。

「對不起，我太激動了。可是我不會承認前輩。唯有這一點絕對不會退讓。」

田中留下這句話，然後離開客廳。

不會承認是什麼意思啊？

講得就像我跟心同學在交往一樣。怎麼可能有這種事啊？

因為她是那個心同學耶。

「我為妹妹向你道歉……」

「我不介意，妳別放在心上。」

「光也是，對不起喔？」

「不會，我也太幼稚了。天的房間在二樓嗎？」

「嗯，對呀……」

「我去跟她道個歉。」

「那我來代替——」

光追著田中離開客廳。心同學收回伸向光的手，對我深深低下頭。

「真的很抱歉。天只是很重視我，她不是壞孩子……」

「沒關係，我真的不介意。」

而且，我的態度一直曖昧不明也有錯。

我並沒有把光當成單純的前女友看待，而是一直忘不了她。

心同學也是，我們之間的距離比普通朋友更近，我也無法斷言我並沒有將她當作異性看待。

所以，田中那番話說中了痛處，導致我產生罪惡感。

原因在我身上。

光剛才說的話使我動搖了。

現在我知道，不是我單方面想跟她在一起。

光說不定也不知道自己想怎麼做。說不定和我一樣。

儘管這個想法八成只是樂觀的推測。

「啊，光。」

「我跟她道歉和好了。」

「對不起，這麼麻煩妳。」

「不會啦。比起這個，翔，你跟天一起工作，為什麼沒認出她是光的妹妹呢？」

「什麼……？呃，誰認得出來啊？她說她姓田中耶。又不是初音。」

光目瞪口呆。

「她長得跟心那麼像，正常人都會發現吧……」

經她這麼一說，田中確實很可愛。跟心同學長得相像，相貌又很端正，感覺就像造物主拿出全力創作的美少女。

長相和身材也幾乎與心同學無異。不過……

「她們髮型不同，而且我跟田中都是在店裡見面，她都穿著制服耶。」

「你是靠哪個部位認人的啦？說到髮型，我剪頭髮的時候你怎麼沒發現呢？以前你沒有一次看出來不是嗎？」

「呃，妳一個月就會去剪一次頭髮吧？頻率這麼高，變化自然不會大到哪裡去，誰看得出來。」

「我改變妝容你也看不出來……」

「男人不懂化妝啦……」

話說原來光希望我發現嗎？

她從來沒有表現出來過……不對，好像有。

有幾次我抵達約會地點時，剛開始她明明心情不錯，沒多久臉就垮下來。

難道那是因為我沒看出她剪頭髮或改變妝容，她在不高興嗎？

「欸，不要吵架了。」

「唔……」

雖然我覺得這句話是對光說的，心同學的命令句威力真可怕。而且她還歪著頭，由下往上看人，根本是裝滿可愛的珠寶盒……呃，就是因為我有這種想法，我們的關係才會一直這麼曖昧吧……！

「那麼我去煮咖哩了，請你們先去我房間等我。」

咖哩要費心燉煮，應該得花上不少時間。

這段期間，我要和光一起待在房間。心同學每天睡覺、起床和更衣的房間。不行，我要冷靜。這樣很噁。

「在這裡，請進。」

心同學的房間相當符合她的形象。

牆邊放著比我還高的書櫃，裡面塞滿少女漫畫，一點空隙都沒有。

配色以白色和淡粉色為基調、約三坪大的房間中，設置了步入式衣櫥，光告訴我裡面好像也有一堆少女漫畫。

我沒有走進步入式衣櫥。因為光說要是我敢踏進去就宰了我，制止了我。

大概是因為裡頭有衣服。用不著特地說明，我也大致猜得到身為男性的我不能進去的理由。

「你們慢慢坐。」心同學留下這句話，便走回廚房。

光坐到裝飾得跟公主床一樣的床上，翻開少女漫畫。

我則心神不寧地杵在原地。看到我這個反應，明明不是房間主人，光卻一臉不耐煩地說：

「你先坐下吧？簡直就像第一次到女生家的處男。」

「吵死了，我才不是處男。」

「你的行為舉止怎麼看都是處男……再說你不用解釋，我知道你不是處男。」
光說完尷尬地將視線從漫畫上移開。
「「……」」
密室裡有一張跟情趣旅館一樣的床和前任，真是最差勁的組合。
我坐到和室椅上觀察房內的東西，設法轉換心情。
大書櫃、沒被子的暖桌、放在暖桌中央的觀葉植物、疑似平板電腦的全屏液晶機器，以及到處開著星形小洞的粉色窗簾。
天亮的時候，陽光大概會透過這個窗簾上的星星照亮昏暗的房間，很像心同學會喜歡的東西。
房內最引人注目的，是坐在床上的貓咪娃娃。
那隻貓簡直跟流浪貓老大一樣跩，明明就不可能，卻有種在看我的感覺，或者說在瞪我。
這隻跩貓是什麼啊？
「這隻貓和你超像的耶。」
「是是是，這句話我聽過好幾次了。」

「我才講第二次而已吧？」

「緣司也說過我像流浪貓老大。」

「很好呀，貓很可愛。」

「是啦。」

還以為心同學會有一堆娃娃。

實際上只有這傢伙大模大樣地坐在床上，沒看到其他娃娃。為什麼唯一一隻娃娃選擇這一隻呢？

——這隻貓和你超像的。

不不不，怎麼可能……

覺得心同學是因為這隻娃娃像我才選了它，未免太自戀……不過她還買了給我穿的拖鞋，好像不是不可能……？

我是她第一個交到的朋友，她很高興，便買了長得像我的娃娃。而這隻娃娃每晚都會跟心同學一起睡覺……

我真的好噁，別再想了。

「你的臉好紅耶，會熱嗎？要不要開窗？」

「不用，我沒事。」

居然因為這點小事臉紅，我是處男嗎？

「欸，那是平板電腦嗎？」

光看到放在桌上的全屏液晶機器，面露疑惑。其實我也有點好奇。

怎麼看都是平板，可是螢幕旁邊的按鈕太多了。

而且我也從來沒看過放在那臺機器上的有按鈕的筆，以及只有無名指和小指的黑色雙指手套。

布料面積和厚度都對禦寒毫無用處，這只手套到底是用來做什麼的呢？

「好好奇。去問心吧。」

「打擾到人家不好吧？我不常做菜，妳感覺也只會搞破壞，所以我們才沒去幫忙，待在這邊等她。」

「咦～好好奇喔～」

「妳是小孩子嗎？」

「問一下又不會怎樣～」

「光，其實妳只是被從一樓傳來的香味吸引吧？」

「……我討厭你這種直覺敏銳的小鬼。」

「唉……不准偷吃喔。」

「好——！」

我們走下樓梯，咖哩的香味便越來越重。

心同學穿著可愛的白色圍裙站在廚房，眼眶泛淚。

原因肯定是——

「心，妳沒事吧！」

「啊，嗯。只是在切洋蔥而已。」

「什麼嘛，太好了……」

光看到她哭時的慌張反應讓我感覺到，她很重視心同學。

介紹給心同學認識的女性朋友是光，真的太好了。我當初沒料到，這兩個人似乎挺合得來的。

「心同學，不介意的話請用。」

「謝謝……」

「這件圍裙真可愛耶。」

「謝謝妳。不過它的繩子已經快斷了……」
「這樣呀。好可惜，明明這麼可愛。」
心同學用我遞給她的面紙擦掉眼淚，望向光手中疑似平板電腦的東西。
「咦？那是……」
「對了、對了，這是什麼啊？是平板電腦嗎？」
「那、那是繪圖板……用來畫畫的機器。」
心同學紅著臉害羞地說。被洋蔥辣哭的眼睛水汪汪的，如同天使一般。
「心同學，原來妳會畫畫啊？」
「畫、畫得一點也不好就是了……」
「我想看妳畫的圖！」
心同學看起來有點勉強，還是輕輕點了點頭，從房間的步入式衣櫥中拿出電腦。
她將其放到暖桌上。
「圖存在裡面，你們可以自由觀看。我……會不好意思，先回廚房了……」
「沒什麼好害羞的啦……」
我們回到心同學的房間並肩坐在一起，看起心同學電腦裡的圖。

我原本坐的和室椅被光搶走了，只好抱著雙膝坐在地上。屁股好痛。

「不會吧，畫得超好的……」

光說得沒錯，心同學的畫技非常優秀。

要以系統分類的話，屬於少女漫畫的畫風。女的可愛，男的帥氣。

只不過，目前看到的都是單張圖片，不是漫畫。

因為畫漫畫沒那麼簡單嗎？可是心同學畫得這麼好，總覺得她還會畫漫畫。

看她的書櫃就知道，心同學是個少女漫畫宅。既然如此，自己動手畫也不奇怪。

「好有少女漫畫的感覺耶。」

「嗯，對啊……！」

光的臉不知不覺湊到旁邊，甚至感覺得到她的呼吸。她在專心看圖，所以沒有發現……這個距離實在不太好。

「我、我去一下廁所。」

「慢走～」

光看都沒看我一眼，懶洋洋地回應。我把她留在心同學的房間獨自離開，正好撞見從其他房間走出來的田中。

「前輩……」

「喔，田中，廁所在哪裡啊？」

「一樓的浴室更衣室旁邊。」

「謝了。」

我跟田中道謝，然後準備下樓時，她拉住我的衣袖。

「那個……」

「嗯？」

「對不起，剛才說了那麼失禮的話。」

田中深深低下頭，緩慢抬頭後便看到她一臉後悔的表情。

「別在意。換成是我，確實也會擔心她。在交友軟體上認識的男人，確實令人不安，心同學感覺又很容易被騙。所以我能理解妳的心情，沒事的。」

「但我說得太過分了。」

「真的別在意。我平常就一直被光和緣司嘲諷，早就習慣了。比起那個……我快尿出來了，拜託妳放開手。」

「啊，對不起……」

明明是她主動拉住我的袖子，卻一副沒自覺的樣子，嚇了一跳。

心同學說得沒錯，田中應該是個本性善良的人。她純粹只是在擔心姊姊。

如果有莫名其妙的男人接近心同學，我也會擔心。那是出於戀愛感情的嫉妒呢？還是純粹不希望朋友被搶走的獨占欲呢？

無論是哪一種，對於只想跟我當朋友的心同學來說肯定很困擾。

——你真的好遲鈍……

下雨那一天，心同學來到我租的公寓套房。當時那句話是什麼意思呢？

我才不遲鈍。

我自認對他人的情緒很敏感。可是，由於心同學之前也說過一次類似的話——

——我會讓你忘記她。

結果，那句話是「以朋友的身分」的意思……別因為她說我遲鈍就想那麼多。反正又是我自己誤會。

從廁所回到房間時，光急忙關上電腦。她在藏什麼嗎？有心同學不想被人看到的東西嗎？

「不看了。」

「為什麼？我還沒全部看完。」
「你不准看。」
「為什麼只有我……」
「絕對不准看。」
「知道了啦……」
沒辦法，我只好滑智慧型手機打發時間，這次換成光要去上廁所，留我一個人待在房裡。
……不過看一下應該沒關係吧。
我打開電腦。儘管光說我不能看，人類是越被禁止，就越會想去做的生物，所以不能怪我。
「這是……漫畫對吧……」
光不准我看的，恐怕是心同學畫的漫畫。
被看見的話，心同學八成會害羞，光是為了她才禁止我看的嗎？
可是心同學本人都同意了，沒關係吧？
仔細一看，螢幕角落顯示著那篇漫畫的繪畫日期。每頁日期都有些許的差異，前半部是兩年多前，正好是我們升上大學的時期。

後半部大約是四個月前——我認識心同學的時期。

漫畫類型是徹頭徹尾的少女漫畫，就連平常不太看漫畫的我都看得出來。

內向的女主角為了改掉怕生的個性，開始使用交友軟體。

她在交友軟體上認識一個男生，這部漫畫就是在描寫他們戀愛的過程。

女主角直到高中都沒有半個朋友，外表也因為過長的瀏海和沒自信的駝背姿勢，被人說像妖怪。不過，這樣的生活在女主角上大學後急遽地發生變化。

在大學認識的男生，讓女主角下定決心改變自己。

那個男生在考試當天幫女主角撿起她掉落的手帕。順利上榜的女主角被人纏著推銷社團時，也是那個男生拯救了她。

我想起自己也曾經有過同樣的經歷。在那之後我就沒在學校看過那個女生了，不曉得她過得好不好。

劇情從這裡開始進展，女主角想變成配得上那個男生的人，努力作出改變。

健身、學化妝、研究穿搭，還去了以前不敢去的理髮廳，打磨自我。最後在用來改善怕生個性的交友軟體上，跟那個男生配對成功。

簡直就像我和心同學。
難道我曾經見過她嗎？
我試著回想那個女生的相貌，確實跟心同學有幾分相似，不過她未免變太多了。
「喂，就跟你說不准看了……」
「光……」
我沉浸在漫畫中，沒發現光上二樓了。
「唉……心說差不多可以下去吃飯了。」
「……喔。」
光為什麼不想讓我看到這篇漫畫呢？心同學自己都同意了，她還再三叮嚀我不准看，真奇怪。還有其他她不想讓我看的理由嗎？
我來到客廳，咖哩和沙拉已經放在桌上。
「久等了。這是奶油雞肉咖哩和凱撒沙拉。」
餐桌上放著四人份的咖哩和沙拉。
四人用的餐桌前，先行入座的田中拿著湯匙怒瞪著我。

「怎樣？你該不會以為可以跟姊姊單獨吃飯吧？太早下定論了。」

「並沒有……我沒想到妳也會在。」

「這裡是我家，而且她是我姊姊。」

我知道，所以別這麼瞪我。

「不好意思，天好像也想一起吃……」

「不會、不會，是我們來妳家打擾，別在意。」

「既然你也知道會打擾，請你一個人先回去。還有，我只想跟姊姊和光小姐一起吃飯，你不包含在內，請不要誤會。」

田中毫不客氣地瞪向我，站起來抱住光和心的手臂。光雖然很困惑，卻不排斥的樣子。妳們什麼時候關係變這麼好？妳剛來就跟人家吵架了吧？

「天怎麼只對我這麼過分？」

「請不要叫我天。姊姊的名字也不要叫。」

「那我要叫妳什麼？」

「叫田中就好。」

那是假名吧？

「好了，天，妳這樣不行喔，對翔同學很失禮。」

「翔……翔同學……！」

心同學用名字稱呼我，使得坐回椅子上重新拿好湯匙的田中似乎震驚得又把湯匙弄掉。她合不攏嘴。

「少得意忘形了！我可是打從出生就被她以名字稱呼！比你早也比你久！」

這孩子幹嘛對我展現優越感啊？只不過是叫名字……

「我又沒在跟妳比……」

傻眼歸傻眼，仔細一想，我第一次被心同學稱呼名字的時候也激動到不行。

比起這個，眼前的咖哩散發出濃郁的香味，一直在誘惑我。好想快點開動。

等光和心同學也入座後，我們四個雙手合十。

「「「「我開動了。」」」」

我鮮少下廚，所以不太清楚，不過吃起來跟一般的咖哩相當不同。一言以蔽之，香氣和味道像正統的印度咖哩。

如果我的味覺正常，奶油雞肉咖哩是口感溫和的咖哩。奶油自然不用說，感覺還加了牛奶和鮮奶油。

「嗯～！心果然是天才～！」

「呵呵，謝謝稱讚。」

「能每天吃到姊姊做的菜，我真幸福。」

田中，別拐個彎展現優越感。

「其實這是我第一次煮奶油雞肉咖哩，以前都是煮一般咖哩，我有點擔心……」

「很好吃喔。好吃到我不敢相信妳是第一次煮。」

「謝、謝謝……」

我望向看到我和心同學的互動而悶悶不樂的田中，她齜牙咧嘴，一臉不甘的模樣。活該啦。

「我不小心加太多番茄罐頭，有點怕失敗。」

還加了番茄罐頭啊？這我倒沒猜到。

經她這麼一說，好像吃得出番茄的味道。可是我的味覺不算敏銳，只是隱約吃得出來而已。

最近品嘗心同學做的菜，我慢慢對自己做菜產生興趣。

其實昨天我也邊看食譜，邊練習做馬鈴薯燉肉……可惜不太順利。我一口氣失去自信，更重要的是有夠費工，清洗廚具也很花時間，累死我了。

心同學把這麼困難的事情做得得心應手，光以前也會每天幫我做便當，事到如今我才明白，這件事有多了不起。

即使廚藝不佳，她仍然每天早起做便當。

光憑這個行為、這份心意，就能讓當時的我毫不畏懼那個地獄便當，喜孜孜地吃完所有的菜。

「對了，心，妳好會畫畫喔。」

「唔！我還有得學呢……」

心同學瞬間臉紅，拚命灌水以掩飾害羞。

「我也覺得妳很厲害。」

「那、那個……我把電腦拿給你們才想到……那篇漫畫也存在裡面對吧……？」

那篇漫畫。簡直像我和心同學的故事的那篇漫畫。

田中似乎也看過，從正面投來更加銳利的目光。坐在旁邊的光尷尬地低下頭。

「我看完漫畫了。很有趣。」

「嗚嗚嗚，好丟臉……」

「我也覺得很有趣喔。我偶爾會看少女漫畫，那部漫畫就算拿出來賣，我也願意買。是個好故事，會想……為那兩個人打氣。」

「光，謝謝妳……」

心同學的房間裡有一堆少女漫畫，跟我相處時，她經常開心地說哪些事是少女漫畫裡面會發生的。

而心同學自己也在畫漫畫。她是不是想成為少女漫畫家啊？

「心同學想當漫畫家嗎？既然想得出那麼有趣的故事、畫得出那麼可愛的圖，感覺可以當上職業漫畫家……不過這種話由我這個外行人說出口，或許缺乏說服力。」

「我……」

心同學搖搖頭，欲言又止。

「我辦不到啦。」

最近她開始展現出意外倔強的一面，這種時候卻不肯說真心話。我莫名覺得她其實想要成為漫畫家。

因為心同學說的是「我辦不到」，而不是「我不想」。

吃完晚餐，我幫忙清洗餐具，光則負責擦乾。我不知道餐具要放在架上的哪個位置，所以田中幫忙擺放。

今天還真開心。同時得到許多新情報，好像有點累了。

在打工店內只對我特別冷漠的後輩是心同學的妹妹，還得知心同學會畫漫畫這個意想不到的一面。還有光的樣子不太對勁，這件事最令我掛心。

離開心同學家、走回車站的路上，光異常安靜。

以她的個性，我還以為她會剛吃完就叫著：「好想吃心煮的咖哩……」

跟光重逢的那一天是二月中旬，我記得挺冷的。如今時節雖然已經進入溼熱的六月，晚上還是有點涼意。

「妳的腿會不會冷啊？」

我看著長靴和短褲間的縫隙，詢問若有所思的光。

光一副猛然回神的態度撫摸大腿說：「啊啊，對喔。」

「嗯，還好啦。」

「這樣啊，那就好。」

跟光的對話這麼和平，害我有點不知所措。我們一天到晚鬥嘴，所以我不習慣這種氣氛。

「前輩……！」

聲音來自心同學家的方向。單憑對我的稱呼和聲音，我立刻就認出是田中。

轉頭一看便發現短髮版的心同學站在那裡。噢，知道她們是姊妹後，就覺得她們真的長得一模一樣。

田中的氣質就像剪了短頭髮，變得活潑外向的心同學。此時她走向我，食指直指我的眉間。

「請不要因為看過那篇漫畫就產生誤會！那是虛構作品，跟你沒有關係！」

這句話儼然是電視劇和動畫的注意事項。田中說完放下食指，低著頭開口說：

「你配不上姊姊。」

第二話　找到對象後，身邊的人也會陸續在一起。

「那我們走了，你努力寫作業吧。」

「嗯，要玩得開心喔。」

在食堂吃完午餐後，小翔和初音同學一同先行離開。

等等他們要跟小光會合，然後到初音同學家玩。我還沒寫完作業，所以要留在學校……表面上是這樣。

其實是因為小翔一直跟那兩個人沒進展，我為了他才特地缺席。

我真是個好男人。

小翔應該要發現我至今以來的付出，更加感謝我。

雖然現在講這個有點早，如果他和那兩個人其中之一交往，步入紅毯——

他應該選我擔任朋友代表，以及默默幫助小翔成就戀情的幕後推手代表，讓我上臺致詞。

我這位好友真令人操心。
這時，幕後推手的智慧型手機響起。
『阿一，接下來要不要去約會？』
小楓用ＬＩＮＥ傳來約會邀約。
我打算跟小翔錯開時間離校，免得他們發現我其實寫完作業了。
離我們道別差不多過了三十分鐘。
我已經不用繼續待在學校，也沒道理拒絕。我踩著小碎步走出校門，前往車站。
『要！去哪裡？』
『舞子站！』

六月模樣的小楓穿著貼身的針織洋裝，靠在舞子站前的牆壁上。
她的身體曲線一目了然，在行人眾多的站前也是最亮眼的那一個。
證據就是路人看到小楓統統紅了臉。
不准看，她是屬於我的。
「小楓！」

「啊，哈囉～阿一～！」

我一呼喚她，小楓就從智慧型手機上移開目光，露出燦爛的笑容朝我揮手。

她邊跳邊高舉右手，對前方數公尺的我揮手，輕薄的洋裝壓不住的兩顆大炸彈劇烈晃動。

真是的……她從小就是會穿裙子後翻上單槓的野ㄚ頭……

「小楓，謝謝妳約我出來。妳有想去的地方嗎？」

「嗯，其實～我租了一輛車～」

「租車？」

「嗯。目的地是祕密～」

「咦～好好奇～要開多久？」

「四十分鐘左右吧～？」

託小翔的福，大約一個月前，我在真正意義上跟小楓重逢了。在那之後，我們屢次像這樣約出來見面。

去小翔介紹的咖啡廳、在小楓的要求下第一次一起喝酒，或是幫對方挑衣服。

今天會去那裡呢？

其實聽到她說要去舞子站時，我就猜到了。

離目的地車程約四十分鐘、在四通八達又有許多車站的神戶特地租車，以及小楓說要對我保密時的表情。

「啊——淡路島？」

被我說中答案，小楓驚訝得目瞪口呆。果真如此啊。

「嗯、嗯～不知道耶？敬請期待喔？」

「呵呵，知道了。那我就好好期待吧。」

我們來到車站前的停車場，小楓跑向白色輕型車嚷嚷著說：「這輛、這輛～」

對了，小楓也考到駕照了。儘管這樣講很失禮，我還真想不到。

「好～那麼我來展現一下我的開車技術給你看喔～！」

她捲起袖子，表現出幹勁十足的樣子坐上駕駛座，我也跟著坐上副駕駛座。

望向正面，繫好安全帶。

然而，引擎遲遲沒有發動。我望向旁邊，小楓在用手指戳插進鑰匙孔的鑰匙。

「沒問題嗎……？」

「形狀跟教練車不一樣……」

「轉動鑰匙就會發動嘍?」

教練車應該也一樣……

而且妳不就是開這輛車來這裡的嗎?

「啊——對喔。忘記了、忘記了。」

總覺得我行我素的小楓不太適合開車。

要讓她在高速公路上開四十分鐘,我感到強烈的不安……

「小楓,我來開車吧。」

「哈哈,果然還是換人比較好對吧。」

「我還不想死。」

「我也是~那就麻煩你了~」

我們交換座位,然後我才想起我並不知道目的地。

我知道是淡路島,卻不知道要去淡路島的哪裡。而且,現在的設定是我連目的地是淡路島都不知道。

「我不知道要開到哪裡,可以幫我導航嗎?」

「啊,說得也是呢。那麼,祕密兜風約會即將開始~出發——!」

我們的祕密兜風約會，隨著小楓的一聲令下揭開序幕。

「抵達～這裡就是第一個我想跟你一起去的地方～」

下高速公路後，我就猜到了。

好久沒有像這樣回來了。

我還住在故鄉時，繼老家之後第二常去的地方。

不是回去後看不到其他人的那個家，而是無時無刻都有人溫暖迎接我的日和家。

一走進家門，迎接我的是懷念的氣味，以及跟當時一樣踩在上面會嘎吱作響的走廊。

一進到客廳便發現有一名女性坐在沙發上看電視。

「媽，妳回來了～」

「哎呀，楓。是『我回來了』才對吧？歡迎回家……緣司？」

「好久不見，媽。」

「好久不見呢。歡迎回家。」

媽媽彷彿見到久違的孩子，自然地對我表示歡迎，輕輕擁抱我和小楓。

「你們要喝些什麼嗎？」

「我要喝威士忌蘇打調酒！」

「妳在說什麼傻話，現在才剛過中午吧？緣司呢？」

「呃……那我喝咖啡。」

「黑咖啡行嗎？」

「嗯，謝謝。」

高中時期跟小楓疏遠後，我就沒見過媽媽了。我們住得很近，不是沒有擦身而過的機會。

可是我刻意避開她。

跟還有點尷尬的我不同，媽媽好像什麼都知道。

「今天怎麼來啦？楓總是突然回家，所以我什麼都沒準備，沒辦法招待多麼豐盛的東西。」

很像我行我素的小楓會做的事。

「我要跟阿一在家鄉巡遊～爸爸晚上才回家對吧？先讓我停一下車喔。」

在家鄉巡遊……雖然我早就大致猜到了，她不是說要保密嗎？

我來到廚房想幫媽媽的忙。身高高於一般女性，比一八〇公分的我矮十公分左右的她看著馬克杯小聲地說：

「謝謝你還願意跟楓當朋友。」

「……不會，我才要道謝。我一直受到小楓的幫助。」

「呵呵，下次來是不是就要談婚事了呢？」

媽媽露出看穿一切的微笑，將兩個馬克杯和作為茶點的饅頭放到托盤上。

「……但願如此。」

我用她聽不見的音量，對拿著托盤回到客廳的媽媽背影如此小聲回答。

「好了，饅頭也吃完了，祕密巡遊約會重新開始～！阿一隊員，準備好了嗎？」

我們下車了，所以約會名稱也有所變化。

「隊長，接下來要去哪裡呢？」

「跟我來就對了～」

「是是是，因為是祕密嘛。」

「呵呵～」

我們在自己生長的城鎮漫步前行。

我搬去神戶之後就沒回來過了，差不多時隔兩年吧。每個地方都跟記憶中一樣，令人懷念。

「我們以前常在這座公園玩呢～」

「真懷念耶。妳堅持要蓋好沙堡才回去，逼我幫妳一起蓋。」

「有這種事嗎？」

「有啊。可是妳傍晚就膩了，到頭來是我蓋的。」

「啊～想起來了、想起來了。隔天被颱風吹垮了對不對？」

「不對。是妳喊著要住進去，坐到上面把它弄垮了。」

「哈哈，是這樣嗎？對不起～」

走了一會兒，我們的高中母校映入眼簾。

小楓衝向正門，叫我幫她拍照，在我按下快門的瞬間使出全力高高躍起。

由於時機有點沒抓好，我拍到的是因為降落的衝擊，臉頰肉往下垮的小楓。

「哇～好丟臉，快刪掉。再拍一次！」

這次我成功在她跳到最高點時按下快門，不過失敗的照片也留著好了。這樣的小楓也挺可愛的。

去完母校，我們接著來到無名的沿海道路。
這裡就只是一條普通的道路，對我們而言卻充滿回憶。
「要跟以前一樣跳進海裡游泳嗎？」
「我沒帶泳裝。而且海水浴場還沒開放，天氣也還沒回暖吧？」
「我脫掉衣服就跟穿泳裝沒兩樣啦～」
「那是內衣吧！不行！絕對不行！」
「哈哈哈～開玩笑的啦～你想像了嗎？」
「才沒有……」
搬去神戶後，我跟許多女生交流過，照理說不該為這種小事驚慌失措。
看來無論何時，我都注定要被小楓耍著玩。
「好～要去下一個目的地嘍～跟我來，阿一二等兵！」
「設定怎麼又變了？」
我跟在高高拿著樹枝的日和隊長後面前行。
目所能及之處統統令人懷念，看到前方的小店時，這種情緒格外強烈。
我們小學時每天都會來這家招牌寫著大大的「香菸店」的雜貨店。

「幾年沒有一起來了呢?小學時幾乎每天都會來。」

「上國中之後,來的頻率就降低了呢～」

我們不是去買香菸的。畢竟當時還那麼小。

「奶奶不知道還記不記得我們耶?」

「就算記得,都長這麼大了,她肯定認不出來。」

我們拉開貼著彩繪玻璃風貼紙的拉門,發出「喀啦喀啦」的聲響。啊,跟當時一模一樣。

門後放著大量的零食,最裡面有個人坐在椅子上看報紙。

「要跟奶奶打招呼嗎?」

「最好不要。她認不出是誰,一定會很困擾。」

「唔～好想和她聊天喔～」

看到小楓垂頭喪氣,我不禁苦笑,拿起堆在門口旁邊的小購物籃。

「阿一,點心不能買超過三百日圓喔。」

「香蕉算點心嗎?」

「算。不過你可以買洋蔥。」

「淡路島特有的規則是嗎……就我所知，沒有那種規則耶……」

她嘴上說著不能買超過三百日圓，卻拚命往我的購物籃裡扔零食，一面斜眼偷看老奶奶。

以前我和小楓常來這家雜貨店吃零食，跟老奶奶聊天。

對我們來說，老奶奶跟真正的祖母一樣。

「差不多可以走了吧～阿一，你拿完想買的東西了嗎？」

「嗯。沒妳那麼多就是了。」

「就算你等等跟我要，我也不會給你喔～？」

小楓把購物籃放到櫃檯，一臉想找她聊天的樣子看著老奶奶。沒辦法，稍微用點小手段吧。

「七百八十日圓。」

「咦，小楓，妳不是說最多只能買到三百日圓嗎？」

「咦～有什麼關係，我們都長大了。」

「妳真的都沒變耶。跟小學時一樣。」

我刻意用老奶奶聽得見的音量，暗示我們是那兩個小孩。

如果她沒發現，肯定是已經忘了我們。

結帳完，我和小楓準備轉身離開時——

「你們兩個都長大了呢。」

太好了。老奶奶沒有忘記我們。

「奶奶，妳記得我們呀？」

「哪可能忘記，你們進來時我就發現了。小楓變可愛，緣司變帥了呢。看你們過得好，奶奶就放心了。」

「哇～！奶奶好久不見～！能再見到妳，我好高興喔～！」

「喂喂喂，妳抱得太用力了，快放開。」

「奶奶看起來也很有精神，太好了。」

都過了十年，奶奶卻沒有變。她以前總愛說每天清晨健走和這裡的名產洋蔥，是常保青春的祕訣。洋蔥真的有那種效果嗎？

「你們現在是大學生嗎？」

「嗯！」

「這樣啊、這樣啊。那麼，你們在交往嗎？」

奶奶，怎麼突然問這個……！
跟驚慌失措的我不同，小楓輕笑著回答：
「沒有啦～」
否定得這麼乾脆啊……很符合她的作風。
「這樣啊、這樣啊。希望我死之前能看到你們的孩子……」
「不行！奶奶，不要說自己會死啦～妳要一直開這家雜貨店才行喔？我們的孩子會來買點心，到時要多照顧他們喔？」
「小、小楓！」
「……嗯？怎麼了，阿一？瞧你慌成這樣。」
「呃，什麼叫我們的孩子……！」
「哎呀呀，你在緊張嗎～？阿一好青澀喔～」
「別說了！」
「你們兩個真的都沒變呢～」
被笑咪咪的兩人逗著玩，也跟以前一樣。
能逗我的也只有她們兩人了。其他人都是被我逗的那一方……

跟老奶奶揮手道別後，我們前往下一個目的地。

走到附近，高湯的香氣撲鼻而來。是以前我常跟小楓一起來的章魚燒店。

「外帶去下一個目的地吃吧～零食是你付的錢，所以章魚燒我出。」

「謝謝，那我就不客氣嘍。」

小楓走進店內，我則在外面等待。

門簾後方傳來小楓跟人聊得有說有笑的聲音，聽得出來她見到許久不見的人。小楓跟我不同，高中時期也常來的樣子，店長想必認得出她。

說到章魚燒就是配醬汁，但這家店的章魚燒不是配醬汁，而是配高湯吃，也就是明石燒。小楓拿著明石燒走出店門，邁出步伐喊著：「走吧～」

這場約會逐漸迎來尾聲。

夕陽開始西斜，我們看著染上暮色的故鄉景色，默默走向目的地。

「這裡就是最後的目的地喲。」

我們再次回到母校。不過第一次只有走到正門，並沒有進入校內。

「我們是不良學生耶，竟然偷跑進學校。」

「我打電話徵求過同意了。不管怎麼樣，我都想在這邊重新開始。」

小楓大嚼一口有點冷掉的明石燒，坐在頂樓的長椅上看夕陽。

這個時間社團活動已經結束，棒球社在整理操場。明明是平日，校內卻只有小貓兩三隻，不知為何給人一種懷念感。

我從同學口中得知，學校裡還有幾個認識我們的老師，不曉得今天有沒有機會見到他們。

「當時，我和你一度在這裡絕交了。可是我們又見面，在翔的幫助下和好……真不知道要怎麼感謝他。」

「……嗯，對啊。」

「所以，我想幫助翔。」

小楓吃掉八個章魚燒中的第五個，微微一笑……咦，我的份呢？

「翔在光和心之間猶豫不決對吧？」

我之前跟小楓抱怨過小翔。

認識兩個可愛的女生，跟雙方關係都不錯，卻始終沒有進展。

小楓不認識初音同學，但她聽我介紹過。

「難說耶。我也搞不懂他在想什麼。不過，我認為他肯定對那兩個人有意思。」

「儘管不知道他最後會選誰，為了報答他讓我們重逢的恩惠，我想幫他作出不會後悔的選擇。」

「嗯，我也是。我不希望小翔變得跟和妳重逢之前的我一樣。所以我要……」

「你總是在為其他人努力吧？這一點跟翔很像。其他地方……倒是完全不像。」

「會嗎……？可是小翔很愛幫助別人。明明眼神那麼凶狠。」

他聽見了肯定會生氣。

小翔是拯救我脫離黑暗過去的英雄。

所以，要是他遇到困難，我想幫助他，回報他救了我的恩情。

「欸，阿一，如果有什麼是我們能為翔做的，要儘量幫忙喔。」

「好啊。就算他嫌我們多管閒事，也不要停手。」

「嗯！那等到翔作出不會後悔的選擇，報答完他的恩情——我們就交往吧。」

「嗯，好啊………咦？」

「你沒聽見嗎？還是假裝沒聽見？」

「聽、聽見了啊？真的可以嗎？」

「嗯。因為我打從跟你重逢前，就很喜歡你嘛。可是，等報答完翔的恩情再說好嗎？是翔幫我們牽線的，我們比他更早在一起，總覺得有點忘恩負義。」

小楓背對著夕陽站起來，把不知何時吃得精光的明石燒紙盒垃圾裝進袋中，然後伸長雙臂。

我現在錯愕到她一個都沒留給我，也不介意了。

跟喜歡十年以上的初戀交往的機會就近在眼前。

看來不能再拖下去了。不過，我不想催促小翔，害他作出會後悔的選擇。真是傷腦筋耶……

「那麼我們該回去嘍～阿一，你的臉好紅耶？害羞了？」

「是夕陽照的啦……」

「呵呵～還敢找藉口～」

這麼調侃我的小楓明明背對著夕陽，臉看起來卻比平常還要紅。

名字叫做「心跳加速祕密兜風散步約會」之類的約會落下帷幕，我先把租來的車開回去還，才送小楓回家。回到小翔也住在裡面的公寓時，已經將近晚上九點。

「咦？這不是緣司嗎？你寫完作業了嗎？」

「小翔，你回來啦。寫完了喲，我剛到家。」

「這樣啊，那就好。辛苦你了。」

其實我根本不是在寫作業。

我為了你特地假裝有作業要寫，你要感謝我。這就叫做深藏不露。

「在初音同學家吃晚餐開心嗎？」

「開心。她煮了奶油雞肉咖哩，超好吃的。」

「好羨慕喔～我也想吃……」

「她希望我們再去玩，下次別缺席。到時記得先寫完作業喔？」

「哈哈，有了要努力寫作業的理由了呢。」

我們爬著樓梯相視而笑。

之前吵架時，還以為我們會就此絕交，能繼續像這樣跟他聊天真是萬幸。

我們之所以能如此修復關係，都要多虧小翔沒有放棄接近我。所以，我要報答他的恩情。

「小翔，你想跟小光和初音同學發展成什麼樣的關係啊？」

突如其來的問題令他感到困惑。小翔的視線落在樓梯上，用就像在故作鎮定的語氣回問：

「什麼意思？」

「你知道我在問什麼吧？你希望自己將來跟那兩個人，成為什麼樣的關係？戀人？朋友？還是你真心覺得一直維持現狀就好呢？」

平常我們會在抵達我家所在的二樓時道別，小翔卻沒有上樓，站在原地低著頭。

「沒想怎麼樣啊……而且那兩個人也不想跟我發展成特別的關係吧……光是碰巧再見到面，之後才比較常約出來見面；心同學只是想改善怕生的個性，找我幫忙……」

還在講這種話嗎？

你打算像這樣一直不作決定，好讓雙方都不會受傷嗎？

捨不得結束這段無法拋棄的關係，決定將問題擱置，讓那兩個人繼續受折磨嗎？

你已經不能再假裝沒發現她們的心意了，小翔。

小翔低著頭。從他的表情看來，他也很苦惱該作何選擇。我看不下去，打開家門準備進入室內。

大門逐漸關上。看到門後的摯友一臉煎熬，儘管我明白不該過度干涉，還是忍不住說出口。

「——不能一直拿『不知道』當藉口逃避喔。」

第三話　等到珍視之人離開，才發現對方有多麼重要。

——不能一直拿「不知道」當藉口逃避喔。

我無法反駁緣司的指責。

因為我明白他說得沒錯，才會無言以對嗎？

我在逃避嗎？

我對光和心同學是怎麼想的呢？

在交友軟體上與光重逢時，說實話我很高興。不過原因並不是我至今依然喜歡光。

大約一年前，我明明還喜歡光，卻為無聊的小事意氣用事，跟她分手。

反正明天、下週，以及下個月就能和好。

沒錯，和平常的吵架一樣。我自認如此，因此遲遲沒有解決問題，導致我們真的分手了。

雖然這只是我自以為是的猜測，光一開始應該也沒有分手的意思。

每當我們總是為了那種芝麻小事吵架，高中同學都會安撫我們：「好好好，又吵架了是吧。」然後我們自然而然地和好。可是高中畢業後，就沒人擔任和事佬了。

我心裡很清楚，吵架的當天晚上就應該向她道歉。

縱然理智上明白，卻堅持要等到她開口道歉才肯原諒她，不願意主動低頭。

分手後的那一年，我後悔了好幾次。

早知道當時不要講那種話、早知道立刻道歉，還有真不該那麼倔強。

然而大部分的情況下，產生這個念頭時早就來不及了。

而且光那麼受歡迎，八成交到新男友了。

即使沒交到男友，數個月前分手的前男友傳訊息給她，她只會覺得噁心吧。

我會像這樣感到害怕，不敢採取行動，回過神時已經過著失去色彩、渾渾噩噩的人生了。

這時，我在Connect上與光重逢了。

當時激動的心情，我至今仍然記得很清楚。可是，我並沒有想要跟她重新來過。

純粹是好奇光現在跟誰、在哪裡，以及懷著什麼樣的心情做著什麼樣的事。食量還是那麼大嗎？廚藝還是那麼差嗎？我喜歡的部分還沒消失嗎——跟我分手後認識新對象了嗎？

就算是喜歡那麼久的人，長時間沒見面，感情也會淡掉。

我不曾忘記她，但那不是「喜歡」。

她過得好嗎？有沒有被壞心的男人騙？課業跟得上嗎？我會像這樣擔心她。如同家人最了解對方，卻再也不會有交集的最遙遠的關係。

這叫做喜歡嗎？

與光重逢後，我覺得自己有了活力，不曉得是不是錯覺。跟分手後的黑白人生不同，是有顏色的人生。

那個時候，我遇見眼前這位正準備享用食堂招牌餐點——咖哩豬排飯的心同學。

「一之瀨同學今天不來嗎？」

「他好像要上課，所以只有我們兩個。」

「只有我們……呵呵……感覺很久沒有跟翔同學單獨吃飯了，我好高興。」

心同學在我面前雙手合十，紅著臉微笑。

不只這一面，心同學全身上下都很可愛。

假如我沒有在高中遇到光這個活到現在最喜歡的人，肯定早就愛上心同學了。

說不定我現在已經愛上她了，只是沒有自覺。

我真是不乾脆。

緣司說得沒錯，我只是一直在拿不明白自己的心意當藉口逃避吧。

我喜歡的人是光也好，心同學也罷，一旦跟其中一方傳達心意，我和她們的關係八成會產生變化。

假如跟光交往了，繼續和心同學單獨相處不太好；要是跟心同學交往了，應該不會再跟好不容易重逢的光見面。

因為我們重逢後，我只不過是在找各種理由和藉口讓她跟我見面。

而且如果被甩，現在這樣的關係無疑會崩壞。

即使她們不介意，我也不認為自己的心靈堅強到能跟甩掉自己的對象相處。

心同學好不容易交到光這個好朋友，我不希望她們因為我而鬧尷尬。

到頭來只是我沒有勇氣改變現狀，其實我已經明白自己的心意了吧。

「心同學，妳下午有課嗎？」

「呃……有是有，但不去上也完全沒關係。」

「這樣啊。」

「……嗯？翔同學？」

——不能一直拿「不知道」當藉口逃避喔。

我懂。

我也不想一直這樣。

不想一直當不乾脆的男人。

既然如此，就該採取行動。為了交到朋友，心同學付出那麼多努力。

那篇漫畫大概是心同學的親身經歷。也就是說，她想改變陰沉的自己，實際作出了改變。

現在的她是這所學校最耀眼的人。跟偶像站在一起，也不會顯得格格不入。反而會在表演隊形中央展現華麗的舞藝吧。

心同學是因為採取行動才有所改變。

緣司也走出了辛酸的回憶。他勇敢面對過去，以獲得真正渴望的事物。

我推了緣司一把，自己卻在後方旁觀嗎？

緣司同樣是因為採取了行動才改變。

既然如此，我也必須採取行動才能改變自己。

我對她們是怎麼想的呢？她們對我是怎麼想的呢？為了得出這些答案，要實際採取行動。

「心同學，方便的話——」

「……嗯？」

「等等要不要跟我去約會？」

心同學張大嘴巴，身體慢慢開始顫抖。

「呀呀呀呀呀……！約約約約約約……！」

「心同學，冷靜點！」

我想找東西給她喝，卻發現手邊只有帶在身上的礦泉水。

儘管會變成間接接吻，現在沒時間顧慮那麼多了。得讓壞掉的心同學恢復原狀。

「心同學，喝口水吧……！」

「謝謝尼尼尼尼……！」

看到那瓶水，她顫抖得更厲害了。

我打開蓋子，把水遞給她，水因為她在顫抖的關係不停濺出。她抖得太厲害，連喝水都有困難。

我趕緊摸著她的背，不知為何她抖得更激烈了。我做的一切全是反效果。

「心同學，快點呼吸！」

她忘了呼吸，所以我急忙提醒她，結果她直接倒在桌上。這回變成過度換氣了。

「吸吸吸吸吸……！」

花了十分鐘左右，壞掉的心同學才恢復鎮定。

「冷靜下來了嗎？」

「是、是的……讓你見笑了……」

「不會、不會。幸好妳沒事。」

「你邀我約會，我太高興了……」

高興歸高興，她的反應未免太激動了。

心同學的額頭有點冒汗，精心整理的可愛偶像風瀏海被弄得溼答答。

就算這樣，看起來仍然別有一番風味，不愧是全校的偶像。不愧是職業偶像……並不是。

「那妳願意跟我約會嗎？」

「當、當然燕意！不嫌棄的話，請務必跟我約費！」

「太好了……雖然約人的那一方問這個問題有點奇怪，妳有沒有想去的地方？」

這是出於一時衝動的邀約，所以我完全沒想過目的地。有部分也是因為我認為跟心同學在一起，不論去哪裡都會很開心。

「有……！我有個地方想跟你一起去……！」

由於心同學太緊張的關係，吃到一半的咖哩豬排飯涼掉了。

我們吃完涼掉的咖哩豬排飯，接著前往心同學想去的地方。

從三宮站走路約二十分鐘。

之前跟心同學來過的美利堅公園附近，最近開了一間新的水族館——Aqua。

光從建築物外頭看來，是不太像水族館的水泥外牆。其實喜歡欣賞時尚建築的我興奮了起來。

「這間水族館是最近開的呢。」

「是的……！是光跟我說的，我上網查了之後發現非常漂亮，無論如何都想跟你一起來……！」

「哦～光竟然對水族館有興趣啊。」

光和水族館啊……真想不到。

交往時我們就算一起去水族館，她只會發表「這種魚不知道是什麼味道」這種殘酷的感想。

「不對，光不是自己想來，是建議我約你一起來。」

「光叫我們一起來……？」

「是的！聽到我說想跟你一起去，她還問我：『要不要我幫約妳約翔？』可是我想努力主動開口……」

光居然說了那種話嗎？

她果然沒把我當成異性看待吧。我已經只是個前男友了……

「翔同學……？」

「啊，對不起。去買門票吧。」

「嗯！」

入口位於漫長的階梯頂端，一樓好像有咖啡廳和販賣水族館紀念品的商品。
櫃檯在二樓，於是我們去那裡購買門票入場。
我們決定在入口處拿樓層平面圖，邊看邊前進。
根據平面圖上記載的資訊，剛進去有個叫做「起始的洞窟」的地方，房間裡四面八方都是鏡子，反射五顏六色的燈光，打造出夢幻的美景，有如身在水槽之中。
這間水族館雖然是水族館，卻不只是看水槽的地方，而是能欣賞許多像這間房間一樣的夢幻空間，體驗七彩室內藝術的場所——平面圖上是這樣寫的。
「每個角落都好漂亮呢。」
「翔、翔同學……！」
「……嗯？」
我聽到呼喚回過頭，白色洋裝外面穿著一件淺藍色毛衣、處於萌袖狀態的心同學，雙手拿著智慧型手機遮住眼睛下方。
「要不要在這面鏡子前面拍照呢……？」
周圍有許多情侶，一堆人在利用房間裡的鏡子反射拍攝合照。
仔細一想，我跟心同學曾經拍過合照嗎……？

不論怎麼想都沒印象。我們幫對方拍過照，卻沒有合照過。

「好啊，一起拍吧。」

我們在七彩的鏡面洞窟中並肩拍照。光線昏暗，看不清心同學現在是什麼表情。

不過拍完照片後傳入耳中的細微笑聲告訴我，她似乎很高興。

「呵呵……這是我的寶物。」

離開鏡面洞窟後，一座樹海在前方等待著我們。

儘管目前沒什麼水族館的氣氛，這樣也很有趣。每換一間房間，就彷彿進入截然不同的另一棟建築物。

房間明明是人工建造的，感覺卻像被真正的大自然包圍，還有陽光從葉間灑落。

「啊，翔同學，這邊有淡水魚喔。」

「真的耶。妳很懂魚類嗎？」

「沒有，只是在少女漫畫裡面看過。」

「這樣啊～」

少女漫畫真厲害耶。可是水族館屬於經典的約會地點，感覺確實會經常出現。

參觀完二樓，三樓有個地方堪稱Auqa的重頭戲。那裡位於三樓的最深處，聽說前面的設施也相當有看頭。

「翔同學看起來好開心。」

「咦？哈哈，對啊。滿開心的。」

我不自覺揚起嘴角。

小時候鑑賞藝術作品時，我明明一點感覺都沒有，是我長大了嗎？

「好壯觀，魚在腳下游泳！」

「呵呵，你好像小孩子。」

看來我果然還很幼稚。

這個房間有種日式氛圍，感覺像走進十日圓硬幣上的平等院鳳凰堂。雖然我沒有親眼看過。

牆壁是液晶電視牆，播放著夢幻的影片。我的注意力逐漸受到吸引，深深為此著迷，甚至忘記心同學在旁邊。

如夢一般的景色。

「翔同學好專注。」

「抱歉，不小心就……」
「沒關係，你好可愛。」
「別說了，好難為情……」
我可能是第一次被人說可愛，感覺超級不好意思。
「呵呵，對不起。」
總覺得心同學在逗我玩。不過這種小惡魔的一面有種反差感，同樣很有魅力。
「終於到了。」
「是啊。我一直很想看這個。」
心同學目不轉睛地看著巨大的球型水槽。
形似地球的水槽前，心同學受到燈光照耀的側臉實在太過美麗，因此我忍不住拍了張照片。
「好、好害羞……」
沒什麼好害羞的。
標緻的五官加上夢幻的空間，使得心同學此刻成為Auqa最亮眼的存在……呃，總覺得現在的我好噁。

「可、可以把那張照片傳給我嗎？天也想要來，我想告訴她這裡很漂亮……」

「當然可以。不過她一定會氣得問妳是跟誰去的。」

我苦笑著說完，心同學便向我低頭道歉。

「她之前對你那麼失禮，真的很抱歉。」

「不會，是我不好。」

事實上，田中說得沒錯。

心同學這麼可愛，又不諳世事，可以理解她特別擔心最喜歡的姊姊在交友軟體上認識的男性是什麼樣的人，以及會不會是怪人。

而且對方還是連自己的心意都搞不清楚的優柔寡斷男，就更不用說了。

假如她知道心同學是跟我一起去，八成又會來找碴……

「我也幫你拍一張。請你站到水槽前面。」

「呃，我就不用了。很難為情。」

當我這麼說完，心同學就面露遺憾，總覺得是要別人買東西給她的孩童。看到這種表情……

「還是請妳幫我拍照吧……」

「……唔！好的！包在我身上！」

只不過是要幫我拍照，為何高興成這樣啊？未免太可愛了吧？

「翔同學，你怎麼面無表情呆站著……」

「那個……要擺出什麼樣的表情和姿勢才好啊……？」

心同學感到困惑，臉上寫著：「就算你問我，我也不知道……」超像小動物。

「笑容和……V字手勢？」

「笑容和V字手勢……」

我不太會笑。

以前我就知道自己的臉很臭，其他人也說過我不適合笑，思及此就更笑不出來了。

「麒、麒麟到北極會變什麼？冰淇淋！」

「心同學……？」

突如其來的冷笑話令我不知所措。為何要在這個時候講冷笑話啊？

「我想說應該要由我來逗你笑……」

她人真好。跟她在一起，會自然而然露出笑容，會希望這段時間永遠持續下去。

這是喜歡嗎？

「哈哈！哈哈哈哈！」

「翔同學笑了！」

「因為妳講的冷笑話超無趣的……！哈哈哈！」

心同學鼓起臉頰朝我走來，將智慧型手機螢幕對著我。螢幕上是捧腹大笑的我。

我跟心同學相處的時候，笑得這麼開心啊？

「竟然說笑話無趣，好過分！這是我最喜歡的冷笑話耶！」

「一般人不會喜歡冷笑話啦，哈哈哈！」

「呵呵！哈哈哈哈！」

心同學大概受到我的影響，也跟著笑了出來。

相視而笑一陣子後，心同學看到我的照片，臉上漾起幸福的微笑。

「水族館真好玩。」

「對呀！我會跟天推薦！」

「田中大概想跟妳一起來，去約她吧。」

「呵呵！你真了解天耶……我會的。」

儘管下一個目的地尚未決定，我們下意識走向車站，在路上看見光打工的星巴可。

「不曉得光在不在……」

「要去看看嗎？」

「嗯！」

心同學笑容滿面地點頭，第一次踏進星巴可時的緊張模樣蕩然無存，拋下我快步前進。她真的變了。

她以前可是散發出「我這種人有資格踏進星巴可嗎？」的感覺。

是因為或許能見到光的喜悅勝過了羞恥心嗎？那兩人明明最近才認識，感情卻好到不行。

櫃檯前面大排長龍，看不出光在不在。

今天是平日，就算她有排班，也要等到下課才會出現吧。現在時間是下午五點過後，她在店裡也不奇怪。

「咦，翔？」

「喔，妳在啊。」

我在找的對象從身後呼喚我。

「幹嘛？該不會是來找我的吧？」

光淘氣地笑著，講完後也發現到我前面的心，表情瞬間大變。該怎麼說，眼睛好像變成了愛心……

「心！」

「光……！」

光跑到心同學旁邊，握住她的手左右搖晃，輕快跳躍。妳們是許久不見的遠距離情侶嗎？

「光，妳現在要上班嗎？」

「不是，只是下課順便來交排班表。你們……啊，是約會嗎？」

「嗯、嗯……約會。」

心同學害羞地肯定。可以不要看我嗎？我會想包養妳。

「去哪裡約會了呢？」

「妳告訴我的水族館。謝謝妳，那裡很有趣。」

「這樣啊～太好了！……嗯，太好了、太好了。」

「光，妳現在準備回家嗎？」

「對啊。」

我決定採取行動。

所以我才邀請心同學去約會，想確認自己的心意。

事實上，我覺得自己稍微釐清對心同學抱持的感情了。儘管尚未明瞭就是了。

既然如此，接下來是……

「那麼——」

接下來要不要跟我們一起吃晚餐？我正想這麼開口，光卻搶先打斷我說話。

「你們等等要去吃飯對吧！祝你們玩得愉快！掰掰！」

她對我們揮手，轉身離去……這股異樣感是怎麼回事？跟平常的光不太一樣。

哪裡不一樣呢？那股異樣感究竟是什麼？

「等一下，光！」

光被心同學叫住，然後轉過頭。

「妳也一起來嘛？翔同學，可以吧？」

「咦？嗯。當然可以。走吧，光。」

我之所以覺得不對勁，是基於「這樣不像她」這個模稜兩可的原因。

平常的光遇到有飯局的時候，幾乎不可能選擇回家。

而且成員不只我一個，光最喜歡的心同學也在。

要跟心同學一起吃飯，光不跟來才奇怪。

「……嗯。那麼走吧……」

為何要露出那麼愧疚的表情？

我和心同學都不會嫌妳是電燈泡啊。

「今天對不起喔。」

「……為什麼要道歉？」

心同學的雙親碰巧開車經過附近的樣子，吃完飯就先行離開了。

我們一同走向車站的途中，光低著頭說。

「你想跟她單獨吃飯吧？我怕我當了電燈泡。」

「這一點都不像妳會說的話。妳來了我比較開心……啊，那個，不是迫切希望妳來的意思。我想表達的意思是，就算妳跟來，我也不會排斥……！心同學不也希望妳一起來嗎！」

「說得也是。抱歉，我太悲觀了。」

「沒關係啦……」

光這傢伙遇到了什麼不開心的事嗎？她今天不管怎麼看都不對勁。

我跟緣司吵架時，她還特地安慰我，我們又認識那麼久，如果她心情不好，我想幫助她。

光難得這麼消沉，想必不是小事。

現在才晚上八點，離末班車還有四小時。

「光，我想請妳陪我去一個地方。」

「……嗯？去哪裡？」

「別問那麼多，跟我來就對了。不會花太多時間。」

我帶光搭乘之前跟心同學溜冰時也坐過的港灣人工島線，從三宮站搭到三站遠的中公園站。從車站再走個十分鐘，抵達名為港灣人工島北公園的公園。

光一路上始終一語不發，默默跟在我後面。

「這個時間從這裡看過去最漂亮，而且沒什麼人。」

「……」

燈光照亮巨大的紅橋。周圍空無一人，能聽見悅耳的浪濤聲。

我喜歡這裡。

從小到大，每當我有煩惱，爺爺就會帶我過來。因為來到這個地方，會覺得什麼事都無所謂了。

既然光有煩惱——

「嗯，很漂亮……謝謝你。」

「不用謝，是我自己想來的。純粹是一個人來太寂寞。」

「你好不會說謊。你想讓我打起精神吧？」

「才～不是，少自戀了。」

「好好好，別害羞。」

太好了，她好像稍微打起精神了。不過，光沒精神的原因到底是什麼呢？

「光，妳為什麼無精打采的？」

「……沒為什麼。偶爾總會有那種時候吧？」

偶爾總會有那種時候……是沒錯，可是她難得這樣。我跟她交往了三年以上，從沒看過她這麼沒精神。

「光……」

「好，回去吧！不然搭不上末班車喔。」

離末班車還有充裕的時間，光卻快步走向剛離開沒多久的車站，彷彿在拒絕聆聽我說的話。

這次換成我默默追在後頭。而在電車裡，即使我們並肩而坐，也沒有交談半句。

「再見，我要搭往大阪的車。」

在JR三宮站，月臺在穿過驗票口的地方分成兩邊。

我家和光的家屬於反方向，所以我們將在此處分別。然而，我總覺得不能就這樣跟她分開。

而且，我也還沒確認自己的心意。

「光。」

「……嗯？」

「有事可以跟我說。假如妳不嫌棄，我隨時可以聽妳吐苦水。」

「嗯，謝謝。」

光微微一笑。可是不知為何，神情帶有一絲哀傷。

我們明明交往了三年以上，這種時候我竟然連光在煩惱什麼都不知道，真是不懂人心的冷血人類。

我想幫助她。因為看到光難過，我也會跟著難過。

「再見。」

她留下這句話轉身離去的背影，看起來與分手時的背影重合在一起。

第四話 印象越差的人，感覺到反差時會越有魅力。

我按照慣例來到食堂，一堆學生在搶位子，卻有一塊無人接近的異常空間。

清純系服裝搭配黑色長髮，稱之為男人的理想也不為過的美少女，坐在那個空間的中心。

不僅如此，最近那裡多出一個引人注目的男人。在那之後，遠遠觀察我們的學生性別比就有了變化。

我之前曾經在食堂聽見一群女生在聊天，她們說：「一之瀨同學肯定是全校第一的帥哥吧。」

全校第一的帥哥和全校第一的美少女坐在同一個空間，所以沒人敢靠近。

之前我都把這個空間叫做心露牆，又名聖域。儘管威力沒有心同學那麼強大，緣司也是這塊聖域的創造者之一。

現在已經不能稱它為心露牆了……改叫爆帥牆或許不錯。

「啊，小翔，這邊、這邊——！」

他們這麼顯眼，不必大叫我也找得到人，緣司卻像隻搖尾巴的狗，高舉右手用力揮動。坐在正面的心同學轉頭望向我，輕輕揮動右手。

「午安，心同學。」

「午安，翔同學。」

「我呢？咦？難道我被無視了？」

「喔，緣司，原來你在啊。」

「你絕對不是沒看見吧！討厭！」

「哈哈哈，抱歉。」

緣司吃咖哩豬排飯，心同學吃牛肉烏龍麵，我則吃蛋包飯。

每天吃當然會膩，但我基本上都吃蛋包飯。心同學應該是咖哩豬排飯和蛋包飯輪著吃才對。

「心同學，妳難得吃牛肉烏龍麵耶。」

「昨天回家後，我跟光講了很久的電話，她說她吃了牛肉烏龍麵……我受到影響，就也想吃了。」

心同學把手放在後腦勺，彷彿做錯了事。

妳沒有錯。錯的是吃過晚餐，回家後又跑去吃牛肉烏龍麵的光。

「初音同學會跟小光講電話啊？妳們感情真的好好耶。」

「是的。能交到這麼好的朋友，我很高興。謝謝你，翔同學。」

「咦？為什麼要謝我……？」

「如果你沒有介紹光給我認識，我應該交不到這麼合得來的朋友。」

才沒這回事。跟剛認識的時候比起來，心同學真的變了。

以前的她想必不敢和家人以外的人講電話，和我單獨出遊時，話應該也講不好。

明明全部都要多虧她自己的努力。

「跟光成為朋友後，我最近特別感慨。如果沒有遇到翔同學，我現在肯定一個朋友都沒有，將來也會一直孤伶伶的吧。」

「哪會。妳不是因為遇到我才改變，那是妳自己努力的成果。妳跟我和光以外的人，一定也能成為好朋友。」

心同學紅著臉低下頭。

「讓我想要改變的人，是你喔？」

經她這麼一說，我想起那篇漫畫。

疑似以心同學為原型的女主角，上大學時在考場跟開學典禮上遇到一名男性。她想成為配得上那名男性的人，決定改變自己——

「我誠心感謝你。」

「那個……我會不好意思……」

「對、對不起……」

「那個～我是不是不該留在這裡當電燈泡啊～？」

我們兩人紛紛臉紅，緣司半瞇著眼，語帶無奈。

能成為心同學心中那麼重要的人，相當值得高興。

「順便說一下，我也是喔。」

「……嗯？什麼東西？」

「從這個話題來看，你總不會不知道吧……」

「呃，真的不知道。」

「唉，小翔，你是木頭型男主角嗎？」

緣司嘆了口氣，把手放到坐在旁邊的我肩上。

「我也因為你有了改變。我很感謝你——的意思。」

「噁心死了！」

「什麼！為何初音同學說的時候你的反應是害羞，我說的時候就是嫌噁心啊！」

「哈哈哈，開玩笑的……那就好。」

像這樣當面受到稱讚，真的很難為情。為了避免被他發現我在害羞，我才開了個玩笑掩飾過去。

儘管我一直說不出口，我也很感謝緣司。願意跟臉這麼臭的我當朋友，總是陪在我身邊。

我身邊有太多好人了。

……最懂我的光也是。

「對了，心同學，妳平常都跟光聊什麼啊？」

「那個，只是閒聊而已喔？我說我弟在旁邊看漫畫，光就問他幾歲之類的……」

「小翔，女生講電話就是在聊戀愛話題啦。用不著問，這點小事你也該知道。」

緣司一臉無奈的表情吃了口咖哩豬排飯。真令人火大耶。等等我要趁他不注意時，偷一塊豬排。

「我們有聊呀……戀愛話題。」

「是妳的？還是小光的？」

「我的……」

「哎呀呀，那還真是令人好奇耶。對不對，小翔？」

「喔、喔……」

老實說我超級在意心同學的戀愛話題。會聊這個，就代表她有喜歡的人嘍？

「妳們具體聊了些什麼？」

「會、會為什麼樣的行為而心動……或是有哪些特殊的嗜好……還有想跟他交往的藝人等……」

「妳都回答了什麼呢？」

「心動的瞬間，是下樓梯時對方伸手扶我的時候……」

公主般的待遇嗎？的確是她會喜歡的行為。

「特殊嗜好……是、是祕密……」

「那我先跟你們說，我是戀味癖喔。」

「誰想知道你的啊？還有，楓小姐是酒的味道吧？」

順帶一提，我是戀聲癖。不不不，這不重要。

「藝人呢……？」

「我好像沒有特別喜歡的長相……我會覺得愛情電視劇和愛情電影的男主角很帥。理由大概不是因為外表，而是我把情感投射在女主角身上，才會覺得那個人帥……」

「也就是說，比起外表，妳更容易透過認識那個人的過程喜歡上對方吧。」

「是的……」

心同學點點頭，抬起視線凝視我。

為何要在這時看我啊？就是因為這樣，妳才會散發不容任何人接近的光輝，不知不覺多出一堆粉絲。真的拜託妳手下留情。

「啊，可是光說：『只有我說了喜歡的外表，太不公平了。』所以我也把喜歡的長相畫成圖給她看了。」

「「好好奇。」」

「不、不過……」

心同學似乎用智慧型手機打開了那張圖，卻不肯把螢幕朝向這邊。

「我不好意思給你們看……」

「唉，既然不想給我們看，那就沒辦法了呢……」
「咦──！我想看！我沒看過初音同學畫的漫畫，不知道她畫的圖長什麼樣子！」
「還不都是因為你沒寫作業，才不能去心同學家。」
「噗──小氣──」
「一之瀨同學的話，倒是可以給你看一下……」
「好耶──！」
「咦？那我呢……」
「翔同學不行……」
為什麼只有我不能看啊？
心同學跟緣司的感情什麼時候變得比跟我還要好的？真令人嫉妒。
緣司確實很帥，比我這種人更習慣和女性相處。可是，身為心同學的第一個朋友，我好不甘心……有種她被人搶走的感覺。
然而她又不是我的女朋友。
「啊，我懂了。」
看到心同學畫的圖，緣司點頭表示理解，然後看向我的臉。

「確實不能給小翔看呢。」

「對、對吧……」

「……嗯？」

兩人看著對方苦笑，我一頭霧水。

「順便問一下，光跟妳聊戀愛話題的時候，說了些什麼呢？」

「沒說什麼，一直都是我在回答她的問題，我只知道她喜歡的藝人……」

「光說她喜歡誰？」

「記得是……傑尼茲的川井。」

傑尼茲是全國級的男性偶像事務所，川井是那間事務所的偶像之一。

連幾乎沒在看電視的我都聽過他的名字，可見這位超級偶像現在有多紅。

川井比我們小一歲，今年二十歲。

長得跟女生一樣可愛，不是走帥氣路線，而是拿全國人民可愛的弟弟當賣點。

我記得以前光在我家跟我一起看電視的時候看到川井，她的感想是：『比起可愛，我更喜歡帥氣風的呢～』

她喜歡的類型在我們分手後的一年間剛好變了嗎？不過這可是一百八十度的大轉

變。跟我和緣司的差異一樣大。
人類的喜好變化會這麼大嗎？
「我還以為小光不會喜歡川井那種可愛風。川井的個性和長相不是跟我挺像的嗎？小光對我應該完全沒有那個意思。」
「真厲害，竟然有臉說自己像國民偶像……」
等於在誇自己長得帥……緣司，你真的很厚臉皮。
「小翔也長得挺帥的啊？雖然不是正統派。」
「咦？是這樣嗎？我帥嗎？」
「我覺得……翔同學很帥……」
「這、這樣啊……？嗯、嗯，畢竟這個世界上只有兩種男人嘛。我，和我以外的……沒有啦……」
「要學人家就拋棄羞恥心，抬頭挺胸講到底啦，翔蘭。」
「吵死了，我會害羞啦……！」
光跟我交往的時候，喜歡的類型絕對不是川井。不過，原來現在她喜歡川井那種可愛的男人啊？

讓她改變喜好的人，果然是我嗎？她受不了臭臉男，變得喜歡緣司那種親切的男性。可是，之前光在我和緣司之間選擇了我。

就算有喜歡的類型，長相果然不是全部吧。

「翔同學有理想的女性嗎……？」

理想的女性。聽到這個問題，我腦中率先浮現光的面孔。

我並沒有特別喜歡光的長相。跟她交往時，光為我做的事、我們一起做的事，以及一起去的地方，在我的戀愛經歷中留下強烈的痕跡，所以我想不到其他人。

每天早起為我做便當。

在我遇到煩惱、傷心難過時，總是陪在我身邊，聽我傾訴。

幫助不擅交際、交不到朋友的我跟同學打好關係。

我手頭緊的時候，她會跟我說坐在公園聊天也很幸福。

因為對象是光，我才什麼話都願意說，也會希望她什麼都跟我說。

都分手一年了，我至今仍然會懷疑自己有沒有辦法跟光以外的人順利交往下去。

雖然對前女友念念不忘很窩囊，這是我的真心話。

「有是有——但我要保密。」

「這樣啊……我也對你保密，這樣我們就扯平了呢。」

心同學面露苦笑，端著吃完的牛肉烏龍麵湯碗走向回收臺。就在這時，我的智慧型手機震動，發出響亮的鈴聲。

「我接一下電話。」

「是誰打來的？」

「哇，是店長。」

打工地點的店長突然打電話來。

沒有比這更讓人不想接的電話了。我不討厭店長，可是我會擔心自己是不是闖了什麼禍、是不是要找我幫忙代班，東想西想而不想接電話。

我不排斥打工，不過臨時需要上班有點麻煩。

「店長午安。」

『午安──對不起，突然打電話給你。』

「不會，有什麼事嗎？」

『其實寶塚店突然有幾個工讀生辭職了──這個星期日你方便去幫忙嗎？你那天沒班對吧？』

打工地點的店長對工讀生的事情幾乎都瞭若指掌。

面試時店長會知道我的學校，班表也是一起商量主要能排的時間後才排的，所以他應該很清楚我哪個時段有空。只要跟他說有私人行程，就可以拒絕……

而且這次要去的不是平常上班的店。老實說坐電車去寶塚相當麻煩。

從離我家最近的車站要轉乘兩次，而且單趟車程長達一小時。好，隨便找個藉口推掉吧。

『其他人都說不行——寶塚店好像至少需要兩個人，田中同學願意去幫忙，還得再找一個——你沒空的話，田中的負擔應該會很重……』

店長，太卑鄙了。你這樣講，我會不好意思拒絕啦。

假如此時我拒絕，八成又會被田中怨恨，寶塚店的人又很可憐。唉，沒辦法。

我的假日……

「知道了。是幾點到幾點的班？」

『謝謝！中午十二點到晚上八點！』

這是全天班耶……

「知道了……」

『車資全部由我出！真的謝謝你願意幫忙！』

「好。」

算了，如果我工作一天可以讓別人稍微輕鬆一點，或許也不錯。畢竟店裡的人平常那麼照顧我。

「小翔，店長找你救火對不對？」

「嗯，要去寶塚。啊啊，麻煩死了……話說店長也找你了嗎？」

「對啊。不過我拒絕了。」

「理由呢？」

「要跟小楓約會。我騙店長說我功課寫不完。」

「真令人火大，我要祈禱那天下雨。」

「我們要去看電影，下不下雨沒什麼差。謝謝你給我跟小楓撐情侶傘的機會！」

「啊——！真令人火大！」

回到座位上的心同學見狀，歪頭詢問我們在聊什麼，這模樣簡直是天使。我因此受到治癒，覺得自己撐得過去。

話雖如此，要跟田中一起救火啊……

我只感覺到強烈的不安。

「前輩，你怎麼跟我搭同一班車，還有上同一節車廂？你是跟蹤狂嗎？」

在乘客頗多的電車車門前，站在我面前狠狠瞪著我的，是今天要和我一起去寶塚店支援，跟我是命運共同體的後輩——田中。

「我們目的地相同，搭同一班車不奇怪吧？而且是我先上車的。」

「明明是你縝密計算我會搭上這班車，瞄準這節車廂，在這扇車門前堵我。」

「誰會幹這種事啊？」

「不過，感謝你願意來支援。如果你沒來，我就要獨自被陌生人包圍，為他們做牛做馬了。」

「講這麼難聽。妳才是，竟然願意答應這麼麻煩的要求。謝嘍。」

「不、不會。我高中是學生會長，這點小事不算什麼……」

「這跟那沒關係吧？」

我們坐了一小時左右的電車，從寶塚站坐公車約十分鐘——照理說即可抵達目的地，然而……

「公車沒來耶。」

「大概是誤點了吧。這樣下去會遲到。」

「唉，也沒辦法吧？就耐心等待吧。」

責任感強烈的田中不會屈服於公車誤點這種小事。

「用跑的吧。這樣一來一定來得及。」

「什麼！從這裡走過去要半小時耶！就算用跑的也要十五分鐘吧！這樣超累的，勸妳打消念頭！」

「真不希望姊姊認識會為這點小事放棄的心靈脆弱之人。算了，我要走了。」

「啊啊，真是的，知道了啦！跑就跑！可惡，麻煩死了——！」

只不過是認識的人，妳就包容一下嘛。

這個後輩真的只對我特別嚴厲。

田中說她一直有在練空手道，跟平常幾乎沒在運動的我不同，從那嚴以律己的個性來看，她應該還有在慢跑。

田中轉眼間便把我拋在身後。話雖如此，她屢次從前方數公尺處回頭，彷彿在確認我有沒有跟上。

儘管她對我很嚴厲，田中畢竟是心同學的妹妹，還是挺溫柔的……

「前輩，在這個公車站休息一下吧。」

「不，沒關係。不用管我，妳先走吧。我可能會比較慢，不過我會拿出自己的全力努力跑……」

我也不好意思遲到。可是公車誤點是事實，害田中因為我而遲到，我會更愧疚。

「今天是星期日，路上車子很多。大概有許多人跟家人或朋友一起出遊，所以遲到可以說是必然，無可奈何。稍微遲到一點，他們也應該原諒。」

「可是用跑的就來得及吧？明明來得及卻不用跑的，太怠惰了。而且，體力不足是沒有運動習慣的我的問題。」

「沒想到前輩對自己挺嚴格的。」

「是這樣嗎？我反而覺得自己挺放縱的，例如經常會睡回籠覺。先別說這個了，妳快去吧。」

「可是……」

田中依舊在擔心我，我便推了下她的後背，想讓她跑起來。這時，經過我們旁邊的腳踏車撞到停車場的腳踏車，好幾輛並排停在一起的腳踏車接連倒下。

前面有位推著嬰兒車的婦女。

這樣下去嬰兒車會被如雪崩般倒下的腳踏車撞到。大腦尚未思考，已經迎來極限的雙腿就自動跑向前。

「前輩……！」

我擠進嬰兒車和倒下的腳踏車之間，用身體擋住它，卻承受不住這陣衝擊，往後倒了下去。

可惡，好不容易趕上，結果卻什麼都做不了，只能跟著成為雪崩的一部分嗎……在我即將放棄時，眼角餘光瞥見嬰兒的臉龐。

他無憂無慮地看著我，好像不知道現在是什麼狀況。我可是身陷危機啊。

然而神奇的是，看到那樣的表情，體內湧出力量。

「喝啊！」

我踩穩腳步，自己也很驚訝我原來力氣這麼大。這是所謂的火場怪力嗎？

拜其所賜，我勉強擋住成排倒下的腳踏車。小嬰兒看到我這麼拚命，咯咯大笑。

「……謝、謝謝你！」

小嬰兒的母親將嬰兒車推到安全的地方，向我深深一鞠躬。我戳了下在嬰兒車上笑得很開心的小嬰兒。

「幸好孩子沒事。你笑太大聲嘍～很危險耶～你這個幸運的嬰兒。」

小嬰兒的母親不停地跟我道謝，我揮手跟小嬰兒道別，之後捲起袖子著手將倒下來的腳踏車搬回原位。

「田中，我不是叫妳先走，否則會遲到嗎？」

「會命令員工『不准遲到，那段走路要半小時的路程，給我用跑的過來』的店家，我寧願辭職不幹。所以，我要在這裡等公車。等公車的期間沒事可做，所以我順便幫你搬腳踏車。」

田中幫我把腳踏車扶起來，擺出一副高高在上的態度。聽起來也像在委婉表示她遲到不是我害的。

果然是心同學的妹妹。雖說嘴巴那麼毒，骨子裡終究是會為他人著想的溫柔女孩。

「話說回來，那個撞到腳踏車的人直接跑掉了嗎？看來得教訓他一下。」

田中做出揮正拳的動作，看起來無比強大，跟那可愛的外貌形成對比。

她練了九年的空手道對吧？一般男性感覺就打不贏她。像我這種人應該會被她壓著打吧……

「別這樣。妳出手的話，人家搞不好真的會被揍暈。」

「我正有此意。」

「不行喔？」

將腳踏車全數搬回原位幾分鐘後，公車終於到站。

我們先行通知要去支援的寶塚店公車誤點，所以會晚到，對方表示這也是無可奈何，叫我們慢慢來。

託這句話的福可以不用再趕時間，心情輕鬆不少。

「前輩，上車吧。」

「好。」

公車上挺多人的，我們坐下時，座位正好全部坐滿。田中坐在窗邊，我則坐在她旁邊，前往目的地。

「前輩，剛才那臺嬰兒車……」

「嗯，幸好小嬰兒沒受傷。」

「不是，那個……」

「……嗯？」

田中正準備說下去時，公車停在公車站，打開車門。

一位老奶奶拄著拐杖走上車。雖然不知道她要坐到哪一站，她看起來光是站著就有點辛苦，我便起身讓座。

「請坐。」

「哎呀哎呀，謝謝你～」

「不會。」

老奶奶滿足地坐到位子上，跟旁邊的田中閒聊。

站著的話，即使是旁邊的座位，聲音也聽不太清楚，我完全不知道老奶奶在跟田中聊什麼。不過她們偶爾會往我這邊看，害我有點緊張。

坐了數分鐘的公車，我們抵達離目的地最近的公車站。田中揮手向老奶奶道別，我也輕輕點頭致意，之後便走下公車。

「前輩，我從剛才就一直很好奇，你的右手怎麼提了一個垃圾袋啊？是什麼時候出現的？」

「啊——有人把它丟在公車站，我就撿起來了。我想找個垃圾桶丟掉，可是路邊都沒有。」

「……這樣啊。快走吧，遲到十分鐘了。」
「嗯。」
我們跟寶塚店的店長道歉，聽她稍微說明寶塚店跟我們打工的店有何差異後，便開始工作。
其實也不到差異的程度，僅僅是大略記住桌號，請她介紹同事的名字而已。我們只來支援一天，只要記住名字，避免有事的時候不知道怎麼叫人即可吧。
「那麼，麻煩兩位嘍。」
「「好的。」」
寶塚店的店長是女性，聽說跟我們認識的那位店長交往過。
我沒去確認傳聞的真偽，如果是真的，他們就跟我和光一樣是前任。記得我打工那家店的店長說過他結婚了，代表兩人並沒有復合。
再說他們未必真的交往過。
分手的情侶大多不會復合。我調查過好幾次，知道有人做過這種統計。儘管如此，可能性並不是零。
說不定我和光也——

「呀！」

去幫客人上甜點的田中，發出不符合平常形象的可愛尖叫聲，同時盤子摔破的聲音響起。

「不好意思——！」

摔破盤子會嚇到客人。

我按照餐飲業的固定流程跟客人道歉後，拿著畚箕和掃把跑過去。

「對不起！」

她深深鞠躬，可是客人看起來並沒有那麼生氣，暫時可以放心。

我站上前，代替驚慌失措的田中慰問客人。

「兩位有沒有受傷？」

「沒有，我們沒事。」

「馬上為兩位送上新的餐點。」

「慢慢來就好。」

他們是一對年輕情侶。

男方露出微笑，表示他沒有生氣；女方也笑著對田中投以像在看小孩子的目光。啊啊，如果所有客人都跟他們一樣，服務業應該會輕鬆許多吧～溫柔的世界。

「前輩……」

我將碎盤子拿到後門外面的紙箱倒掉，田中便走過來。

「別放在心上。妳沒受傷吧？」

「……沒有。對不起。」

「沒關係啦。妳開始這份打工還不到半年，已經做得很好了。妳平常太過可靠，偶爾讓我展現前輩風範吧。」

田中去跟店長道歉時，她不怎麼生氣。因為這在餐飲業是家常便飯，每次都罵人會沒完沒了，另一部分也是因為她不好意思罵前來支援的工讀生吧。

「真難得，妳平常很少出這種差錯吧？下次要注意喔。」

「是的……我會反省。」

她果然有點失常。

我不是緣司那種能夠理解女人心的聰明人，就算要問她原因，肯定會問得很爛。

乖乖支援等她恢復原狀，才是最佳方案吧。

之後，我們以晚上八點的下班時間為目標，努力工作。

下午五點左右時，店長煮了義大利麵當員工餐，讓我們休息到晚上的尖峰餐期。

我跟田中一起坐在吧檯座吃義大利麵。

「田中，妳有聽說那個傳聞嗎？店長跟這家店的店長交往過。」

「有聽說。不過是真的嗎？」

「我也不知道。妳去問問看。」

「不要，你去問。」

「我不敢問啦。可是我很好奇……」

「是真的喔。」

「「店、店長！」」

寶塚店的店長突然從背後跟我們說話。工讀生叫她貴子小姐，名牌上寫著「三宅」……三宅？

我平常習慣叫我那邊的店長「店長」，所以他姓什麼我都忘了。

記得店長也姓三宅……的樣子。誰教那個人太沒存在感了。

「該不會……」

「藤谷，你猜到了嗎？沒錯，我老公在開咖啡廳。」

貴子小姐秀出在左手無名指上閃耀的戒指，揚起嘴角。仔細一想，在那家店打工的兩年間，我還是第一次被叫去支援。是因為老婆的店遇到危機，他才請自己手下的工讀生幫忙嗎……

「兩位復合後就直接結婚了嗎？」

貴子小姐乾脆地回答田中的問題：「對呀。」

「以前我受不了靠不住的他，選擇和他分手，後來我發現，我也喜歡他的那個部分。沒有人是完美無缺的，只要瑕不掩瑜就行了。結婚就是一種妥協。」

店長，人家說跟你結婚是妥協耶。好可憐。不過這麼說確實有道理也說不定。

我並非喜歡光的一切。

她這個人包含了我不喜歡的部分，由於喜歡的部分比不喜歡的部分更多，我不怎麼在意不喜歡的部分。

我討厭她動不動就不開心，換個說法就是情感豐富。既愛哭，又愛笑。

她情感豐富，所以也有我喜歡的這一面。

包容一切，能夠喜歡三年這麼長一段時間的對象——我跟這樣子的人分手了。

明明不知道什麼時候能再遇到那樣的人。

迎客鈴響起，貴子小姐從我們身邊離開。田中發現我在想事情，探頭觀察我的臉色並呼喚著我：「前輩……？」我滿腦子都是光，慢了幾秒才回應。

休息時間結束後過了一會兒，離下班時間只剩半小時。

不知為何，田中今天好像比平常溫柔。我覺得不太對勁，目光隨著她移動。

從外場通往廚房的門前，田中用托盤端著大量的餐具，努力試圖開門。

「我幫妳開，進來吧。」

「……謝謝。」

田中將托盤放到洗手槽，把盤子、杯子和湯匙分別泡進洗碗水。或許是下班時間將近，她不小心鬆懈了，玻璃杯從她的小手中滑落。

玻璃杯的碎裂聲於廚房響起。

「哇，你們不要緊吧！」

「怎麼辦，我又……」

貴子小姐一面煎鬆餅，一面遠遠望向這邊。

「對不起，這次是我打破的！我馬上整理！」

「嗯，別介意喔——不要直接用手拿喔——」

田中的聲音顫抖著，用只有我聽得見的音量愧疚地問：

「為什麼要包庇我……？」

「妳今天是第二次出錯吧？搞不好會被罵。」

「可是，是我打破的……被罵也是應該。」

「沒關係。店長知道我出錯，以後就不會找我幫忙救火了吧？來這邊那麼累，這樣我反而比較開心。」

「好垃圾的理由……」

「那還真是抱歉。這次妳也沒受傷嗎？」

「嗯，沒受傷……給你添麻煩了。」

「別放在心上。」

田中今天真的有點奇怪。

平常她應該會說：「我自己來就好，又沒人拜託你。」而且平常的她不會犯下打破餐具這種失誤。

到了下班時間，我們一起坐公車到寶塚站。

跟去程不同，回程的公車上只有寥寥數人，我們並沒有坐在一起。

公車抵達終點寶塚站，我起身準備下車，卻看到田中的頭正靠在車窗上。她似乎睡著了。

「喂，起來。到站了。」

「……唔！」

田中稍微睜開眼睛，站起來時身體一晃。

雖然她靠在我胸口，柔軟的觸感碰到手臂，她的體溫卻高到我毫不在意那些事情。

「喂，妳怎麼了！」

「我……沒事……」

哪可能沒事啊。妳的身體超燙的。

「上來，我揹妳。」

「不行……前輩這種花花公子……」

「閉嘴，現在不是抱怨的時候吧？」

我強行揹起田中，右手拎著自己的托特包，將田中的背包夾在腋下。如果我有健身的習慣，這種事應該輕而易舉吧。

田中非常輕，純粹是我力氣太小。看這情況，得花一番工夫才能送她回家了吧……

「天……！」

下公車後，我送田中回到初音家。

幸好初音家離最近的公車站不遠，徒步也不用走很久，我費盡千辛萬苦把她揹回家中。不過手臂抖得好厲害。

明天要肌肉痠痛了吧……

心同學和疑似她父母的兩人，以及目測是國中生的男孩……大概是弟弟，初音家全員擔心地呼喚趴在我背上的田中。

「我帶她去附近的醫院看過了，只是一般的感冒，可是她有點操勞過度……吃了藥好像有比較好……對不起，我真該早點發現……」

由於公車誤點，她用跑的，雖說中間有休息時間，她可是上了七個小時的班。考慮到她犯下平常不會犯的失誤，我理應發現才對。

認識她那麼久，我明明知道她是會勉強自己，責任感強烈的人。

「你是藤谷同學對吧？謝謝你總是照顧心。還有，天在店裡好像也受到你諸多關照

的樣子……」

心同學的母親向我低下頭。不愧是心同學的母親，美得讓人無法想像她有二十歲的女兒。

初音爸爸似乎是個沉默寡言的人，只有默默點頭致意。看起來有點不知所措的舉動，很像剛認識我的心同學。怕生的個性原來是遺傳自爸爸嗎？

「不會，我才是經常受到天同學的幫助。心同學也常陪我一起吃飯……」

「「「咦！」」」

「咦……？」

為何她的家人那麼驚訝？

「心交到願意跟她一起吃飯的朋友……」

初音媽媽拭去淚水，有那麼誇張嗎？

「……只剩我沒朋友了。」

初音爸爸果然怕生、沒朋友。

「姊姊居然跟男人……！」

心同學，連弟弟都瞧不起妳喔。

「你們別說了，好丟臉……！」

我將田中交給初音爸爸，其他初音家成員擔心地跟在後面進入家中。留在外面的心同學從我手中接過田中的後背包。

「真的謝謝你照顧我妹妹。方便的話，翔同學要不要吃個飯再回去呢？今天的晚餐是我煮的……」

「這個提議非常吸引人，可是我吃過員工餐了。而且田中那個狀態，我不好意思打擾你們。」

「這樣啊……那我該怎麼答謝你呢……」

「不用啦。她是我重要朋友的妹妹，又是可愛的後輩。」

「……你真的太溫柔了。」

「我也累了，差不多該回去了。請幫我轉告田中，好好睡一覺，感冒痊癒再回來上班就行了。」

「好的！謝謝你！」

「掰掰！」

「再見……！」

心同學一直在門口目送我，直到我的身影完全消失在視線範圍內。每當我回頭，她都會可愛地對我揮動雙手，而不是在食堂打招呼時那種低調的動作。

希望田中沒事。

第五話　越是不能喜歡上，就越發無法控制。

姊姊不會哭。

我從來沒看過姊姊哭泣。跟她比起來，我自小就是愛哭的孩子。

尿床會哭，跌倒會哭，在幼稚園被其他小孩搶走玩具會哭，動不動就在哭。

「沒事的。」

姊姊總是會保護我這個愛哭鬼。

「姊姊陪妳。」

從我有記憶的時候起，姊姊就一直陪在我身邊。

帥氣可愛、無所不能的優秀姊姊。我一直在追隨姊姊的背影。

明明小學生還只是小孩子，看到姊姊升上小學揹著書包的模樣，她在當時的我眼中就像遙不可及的人。

媽媽感冒的話，她會代替媽媽做飯給我吃。明明還只是小學生，卻會為我煮美味的咖哩。

我最喜歡這樣的姊姊了。

剛上小學時，姊姊哭喪著臉回來，我第一次看到她露出那種表情，震驚得什麼都做不了。

我跑去偷聽姊姊和媽媽的對話，得知她疑似在學校被男生欺負。

姊姊一直保護我，所以這次輪到我保護姊姊了。我如此下定決心，希望自己能夠變得更加強大。

這時，我在電視上看到女空手道家上綜藝節目擊碎瓦片的模樣，作出一個決定。

「媽媽！我想學空手道！」

媽媽和爸爸雖然大吃一驚，還是尊重我的意願，讓我去上空手道教室。

空手道教室全是男生，對練時對手的體型全都比我魁梧。儘管如此，為了保護姊姊，以及打倒欺負姊姊的人，我仍然一路努力過來。

姊姊升上國中後，在學校似乎依舊是一個人，沒帶朋友回家玩過，不會出去玩，也不會提到學校生活。

姊姊這麼優秀，為什麼交不到朋友呢？我懂了，大家都羨慕姊姊。

他們承認姊姊很優秀，誤以為欺負姊姊的自己比較強，因此產生優越感。

姊姊不會抵抗。姊姊不會否認。所以她才會一直被人欺負。

不過，那同時也是姊姊的優點。既然如此，我要代替姊姊。

「妳是初音的妹妹對吧？」

剛升上國中的我面前，出現三名國三男生。

「是又怎麼樣？」

我知道中間那個男人是誰。把姊姊的鉛筆盒藏起來，罵姊姊是醜女的爛人。

「初音有沒有在家裡提過我？」

這傢伙在講什麼鬼話啊？

姊姊怎麼可能提過你這種人。

我起了一身雞皮疙瘩，彷彿內心在拒絕試圖接近我的男人。

「再敢靠近我，後果自負。」

學空手道鍛鍊出的力氣，不能用在自身的利益和洩憤上。

師父是這樣說的，可是對手是三名男性。坐以待斃的話，我也會受到欺凌。

「抱、抱歉，我只是想跟妳交朋友。」

「……什麼？你一天到晚害姊姊難過，還有臉講這種話嗎？」

「那是因為……」

啊啊，我懂了。這傢伙喜歡姊姊，可是他沒有勇氣傳達心意。

所以才會藉由欺負她，吸引她的注意。

即使他沒有欺負姊姊的意思，姊姊確實因為他受到了傷害，結果差不多。

姊姊太可愛了，才會被這種垃圾般的男人欺負。既然如此，我要從這些垃圾手下保護姊姊。

上了國中，我還是在練空手道。

不知不覺成為空手道社最強的人，甚至參加了地區大賽、市大賽、縣大賽，還奪得全縣前四名的名次。

這時，全校都知道「初音的妹妹超恐怖」，接近姊姊的男性減少了。

高中我選擇跟姊姊同樣的學校。

班導說憑我的學力，可以以更好的學校為目標，可是姊姊就是我人生的一切。

所以，我沒道理去能夠跟姊姊一起上學以外的其他高中。

我順利跟姊姊考上同一所高中，高中卻沒有空手道社。不過，我已經不會輸給區區的輕浮男。

出於自信，空手道我只練到國中，立志加入學生會，得到利用其他方法保護姊姊的力量。

多虧全年級第一的成績和老師的支持，我一年級就獲選擔任風紀委員長，教姊姊周圍那些擾亂風紀的傢伙重新做人，一個都不留。

或許是因為這樣，才沒有奇怪的男性接近姊姊，她度過了和平的高中生活。

「我也好想談一場這樣的戀愛……」

看完漫畫，姊姊如此喃喃說道。

我知道姊姊升上高中仍舊完全沒談過戀愛，是因為有我干擾。可是姊姊溫柔、遲鈍，又是濫好人，無法察覺那些渣男的不良企圖。

我不想把姊姊交給來路不明的男人，便將接近她的人全數趕跑。

「姊姊，妳有我在呀。男人都是垃圾，戀愛還是在漫畫裡談就好。」

「嗯——但我想至少談一次戀愛耶……？」

罪惡感油然而生。

不過，必須由我保護姊姊的使命感更加強烈，我沒有改變行動方針，就這樣看著姊

姊成為大學生。

姊姊比我大兩歲，因此在高中浪費兩年沒有姊姊的時間後，我也追著她進入同一所大學就讀。

升上大學後，姊姊就變了。

她以前就可愛到不行，現在又變得更可愛了。為什麼？因為有喜歡的人嗎？還是因為大學都穿便服上課，她受到其他人的影響開始打扮自己，學會化妝變可愛了？

姊姊告訴了我原因。

「最近，我認識了一個不錯的男生……」

啊啊，原來如此。

又有人將魔爪伸向姊姊了。

那個男人肯定是個輕浮、自私，會為了吸引姊姊的注意力故意欺負她的人渣。

這樣的話，我得保護姊姊才行。我如此打起幹勁。

某天晚上，姊姊穿著喜歡的衣服站在全身鏡前面，說明天要跟那個男人第一次單獨出遊。

我偷偷跟在後面，以免被姊姊發現。

那個男人眼神凶惡，不停從旁邊對姊姊投以汙穢的目光，以為她沒有發現。看了就不爽。

別用那種眼神看姊姊。

別看著姊姊露出好色的表情。

姊姊……是屬於我的。

「今天我去這家店吃了蛋包飯！」

姊姊一臉雀躍地說，跟小孩子一樣可愛。然而與此同時，我心中燃起對那個男人的嫉妒心。

「吃完蛋包飯後，我們去了臨海樂園，我第一次喝到星巴可的抹茶星冰爽！」

我知道。

因為我也跟妳喝了同樣的飲料。因為我一直在看。

「好想再去一次……」

她笑得比看少女漫畫時還開心，比畫畫時還開心——比跟我相處時還開心。

她一面跟我聊天，一面沉浸在和那個男人出遊後的餘韻之中，回憶著那個男人的面容……不可饒恕。

他用花言巧語欺騙了姊姊。

反正那個人肯定會在盡情玩弄姊姊後拋棄她。到時姊姊絕對會一蹶不振。

從未見過的幸福笑容，告訴了我這個事實。

要讓姊姊清醒過來並不簡單。

別看她這樣，姊姊很頑固，就算我叫她放棄，她想必也不會聽。既然如此，只要讓那男人離開姊姊即可。

絕不原諒那個把姊姊從我身邊搶走的男人。

從四月開始，我將進入姊姊念的大學就讀。前一個月，我偷偷跟著姊姊去學校，在食堂發現了那個男人。

我還不是這所學校的學生。不過今天，我是來跟蹤那個人的。

絕對要讓他露出本性。

絕對要掌握他配不上姊姊的證據。

為此，我什麼都願意做。

我跟蹤他回家。他走進一棟公寓。三樓右邊數來第二間。

「喂——藤谷——來打棒球吧——！」

「別在門口大聲講話……」

「小翔，抱歉！」

疑似他朋友的輕浮男到他家找他，進入其中。

那個人一看就很愛玩，一臉會對好幾個女人說：「妳是我最愛的人。」將人家玩弄於股掌之間的輕浮樣。

物以類聚。

以那個渣男──藤谷翔的朋友來說，真是滿分的外貌。

之後，我屢次跟蹤藤谷翔。

常去的牛丼店、固定會搭的公車及電車、老家的地點──以及打工地點。

「你好，我是田中。」

「妳好，我叫做藤谷。」

我跑去同一個地方打工，時常監視藤谷翔──前輩。然後我得知，前輩還有另一個女人。

不出所料。所以我才說男人全是垃圾。

儼然是穿著衣服行走的性慾，我不想讓那種東西靠近純潔的姊姊。

姊姊要由我守護。

另一個女人疑似是前輩的前女友。

他們一起吃飯，一起喝酒，看起來關係很差，卻散發出對彼此有意的戀愛氣氛。

前輩揹著醉倒的前女友走出店門，我追在後面。

八成是要帶她去開房間。

這個人渣前輩肯定會這麼做。

嘴拙追不到女生，只好灌醉人家來硬的……如果他打算做那麼無恥的事，我得去救他的前女友。

不惜將他揍飛——然而，這只是我的杞人憂天，前輩揹著前女友送她回家。

「謝謝……你家不是在另一邊嗎？」

「對啊，可是我還沒有沒良心到會丟著醉成那樣的妳不管。」

我偷偷聽見兩人的對話。

之後，我對前輩逐漸改觀。

如果是這個人，說不定——

我和前輩一起去其他店救火的那一天。

好幾輛腳踏車接連倒下，我愣在原地一動也不動，前輩卻挺身保護了嬰兒車裡的小嬰兒。

「幸好孩子沒事。你笑太大聲嘍～很危險耶～你這個幸運的嬰兒。」

他輕戳嬰兒的臉頰溫柔微笑，跟我想像中的渣男相去甚遠。

「請坐。」

坐公車的時候，他讓位給老人坐。

我也會採取同樣的行動，可是我覺得要是被拒絕會很丟臉，心生猶豫，前輩卻沒有一絲躊躇。

「啊——有人把它丟在公車站，我就撿起來了。我想找個垃圾桶丟掉。」

他還把別人亂丟的垃圾撿起來。在那條停著許多腳踏車的小路上，說不定又會發生那樣的意外，撿起來確實比較好。我也這麼想，卻因為嫌麻煩的關係假裝沒看見，認為應該有其他人會撿。

可是，前輩果斷地撿起來了。

「兩位有沒有受傷？」

我打工出錯時，緊張得動彈不得，是前輩代替我率先慰問客人。

「妳沒受傷吧？」
他甚至還來關心我。明明我給他造成了困擾。
「妳平常太過可靠，偶爾讓我展現前輩風範吧。」
儘管他的臉還是一樣臭，為了不讓我感到愧疚，前輩貼心地這麼說。
「怎麼辦，我又……」
雖說是因為身體不舒服，我在同一天犯下兩次失誤，是前輩幫我扛下責任。
「對不起，這次是我打破的！我馬上整理！」
「為什麼要包庇我……？」
「妳今天是第二次出錯吧？搞不好會被罵。」
「……給你添麻煩了。」
「別放在心上。」
語氣冷淡的這句話，使我為至今以來對前輩擺出的態度，以及對他做過的事產生罪惡感。
「上來，我揹妳。」
頭痛欲裂、視野模糊，以及體溫升高。身體不聽使喚，我就這樣趴在前輩的背上睡著了。

比想像中寬厚結實的背部溫暖又溫柔，我想起以前被姊姊揹的時候。可靠、萬能，還有帥氣。我崇拜那樣的背影追隨她，想要永遠跟她在一起。

我不想對前輩產生同樣的感情。

這是只為姊姊存在的感情。

我只喜歡姊姊，姊姊只喜歡我。照理說這樣才對。這樣就對了。

我卻在不知不覺間滿腦子都是前輩。我不要這樣。這樣才不是我。

所以不要這樣，別對我溫柔，別踏進我的內心。如果我喜歡上前輩，沒有人會得到幸福。

「天，妳醒了嗎？」

姊姊打開門探出頭，手裡端著熱粥，擔心地呼喚我。

「嗯，我沒事了。妳看！」

我站起來揮動雙臂，表示我很有精神。其實還有點累，但我不想讓姊姊擔心。

「好了，別亂動。在澈底康復前乖乖躺著好嗎？需要什麼就跟我說。」

「……嗯。姊姊，謝謝妳一直照顧我，最喜歡妳了。」

我從後面抱住把粥放到桌上的姊姊，將臉埋進我最喜歡、溫暖溫柔的背裡。

是姊姊的味道。

我們用同樣的洗髮精洗頭髮，用同樣的衣物柔軟精洗衣服，姊姊的味道卻跟我不太一樣。

淡淡的甜味，柔和的香氣。

「好了、好了，妳不放開我就不能吃飯嘍？」

「不要。就這樣餵我吃。」

「真拿妳沒辦法……」

不論是困惑的姊姊，還是開心的姊姊，都是屬於我的。全是只屬於我的姊姊。

所以，不會讓給前輩。

「姊姊，我們要永遠在一起喔……？」

「……嗯？怎麼了？遇到難過的事了？」

「不是啦……」

她溫柔地拿開我的手，用纖細雪白的手臂溫柔地摟住我。

「放心，姊姊會永遠陪著妳。」

搞不好是燒壞腦袋了。平常我才不會講這種喪氣話。都是前輩害的。

遇到前輩後，我的信念就扭曲了。

男人明明都是垃圾、禽獸與性慾的化身，前輩卻會讓我產生他是例外的錯覺。

「……我想吃姊姊煮的粥。」

「好好好，現在就餵妳吃。」

姊姊幫我把粥吹涼到適合入口的溫度，送到我口中。彷彿回到以前的生活。

因為我還小的時候，一直依賴姊姊。不知何時開始覺得姊姊必須由我保護，學起空手道，為了可以幫姊姊解答任何問題而努力念書，總是考第一名，空手道以外的運動也一直是由我拔得頭籌。

高中當上學生會長，大學其實也能考上更好的學校。在打工場所同樣受到許多稱讚，說我年紀輕輕卻比誰都還努力、能幹。

相較之下，姊姊的運動和課業都只有普通水準，一個朋友都沒有。

所以我下定決心，我必須保護她。

然而事實上，說不定我才是被保護的那一方。我受到挫折時，姊姊總是會發現，陪在我身邊。

她廚藝好、會畫畫，最近變得特別可愛，也交到朋友了。姊姊離我越來越遠，使我寂寞又難過。我只是在嫉妒前輩。

嫉妒他，為了洩憤而莫名其妙找他碴。在前輩眼中，我八成是又煩又礙事的人。

「姊姊，那篇漫畫的男女主角，是以妳和前輩為原型對吧……？」

「咦！怎、怎麼突然問這個……？」

看到她滿臉通紅，我便確信了。

「姊姊——喜歡前輩嗎？」

「喜、喜歡……沒有啦……像我這種人……」

果真如此。

因為我從來沒看過她露出那種表情。

前輩來家裡那天，姊姊一直在笑，比平常更加仔細地化妝、整理頭髮；當時煮的奶油雞肉咖哩，也試吃得比平常更多次……

「姊姊。」

「……嗯？」

「妳總是把『我這種人』掛在嘴邊，可是妳一點都不適合這句話。妳比任何人都還要可愛，比任何人都還要溫柔，比任何人都還要帥氣，是我引以為傲的姊姊。我不希望妳貶低我的驕傲。」

「……嗯。翔同學也常這麼說。」

「這樣啊……」

姊姊提到前輩的時候，表情總會變得很溫柔。我希望姊姊得到幸福，但我還不知道前輩是不是那個能給姊姊幸福的人。

我可以認同他嗎？我可以祝福他們嗎？看來有必要確認。

「姊姊，我要睡一下。」

「嗯，有什麼事可以隨時叫我。」

確認姊姊走出房間後，我打開咖啡廳的ＬＩＮＥ群組。

我透過群組加前輩好友，然後傳送訊息。

『我是田中。前輩下次什麼時候排休呢？方便見個面嗎？』

他馬上已讀，我想起有件事必須提醒他。

『希望你對姊姊保密。』

「前輩，讓你久等了。」

三宮站中央口前的Seben-Eleben。平常跟前輩見面都是在咖啡廳，所以他只看過我穿制服的模樣。

制服是自備的白襯衫和黑長褲，外面規定要加上一件店裡給的黑色圍裙。

他只在來我們家的時候看過便服。可是那是居家服，穿得這麼漂亮跟他見面還是第一次。

儘管我今天沒有特別打扮，這套衣服卻是我最滿意的穿搭。

過大的露肩白色T恤上，印著我喜歡的牌子商標。穿上線條優美的綠色西裝長褲，搭配最近流行的帽子和運動鞋。

其實我也想穿穿看跟姊姊一樣的可愛服裝，可惜短髮的我肯定不適合。

「嗨，妳今天穿得好那個喔……跟平常不太一樣……」

「並不是為了見你才特地打扮。外出時要打扮是常識，所以請你不要誤會。」

「我又沒誤會……」

「那我們走吧。」

「嗯。話說我真的要謝謝妳，田中。」

我們走出車站，前往中心街。走在我旁邊的前輩跟無法坦率表達喜悅的我不同，直截了當地說。

「謝什麼？」

其實我知道他為何道謝。

「要不是妳告訴我，我還真不知道心同學的生日快到了。」

今天約前輩出來的目的，是要看清他是不是配得上姊姊的男人。前輩毫不知情，以為純粹是要幫姊姊買生日禮物，跟著我一起來。

姊姊的生日在下星期，我還沒決定要買什麼。其實我想做蛋糕給她，可是我又不可能做得比姊姊好……

「前輩決定要送什麼了嗎？」

「我查了很多，還看過〈最受二十歲女生喜愛的十種生日禮物！〉之類的文章，結果毫無頭緒。」

「我也是。每年都送的話，差不多快沒東西可以送了。」

「哦～之前妳都送了些什麼啊？」

「去年她在學穿搭和化妝，我送了專櫃彩妝和洋裝。啊！專櫃彩妝指的是——」

「百貨公司裡的專櫃賣的化妝品對吧？少瞧不起我了。別看我這樣，名牌和特徵我算略知一二。」

「這個特技不僅出人意料，還很噁心。你是因為想受女生歡迎才特地調查嗎？」

「不是，跟光交往的時候，為了增加她的禮物清單……妳這樣講太過分了吧？」

「你懂彩妝真的好噁心。」

「別又講一次。」

「總之先在中心街逛逛，看看有沒有不錯的店家吧。」

我們在通往中心街的十字路口等紅燈時，突然傳出一聲怪聲。

周圍的人同時望向我，我意識到是我肚子叫了，於是滿臉通紅。好丟臉。

對了，現在時間是下午一點，我七點吃早餐，肚子剛好餓了。

「啊——抱歉，我肚子叫了。」

「咦……？」

「妳還沒吃午餐吧？可以陪我吃頓飯嗎？」

前輩用比平常更大的音量講給周圍的人聽，他們似乎因此誤會剛才的聲音是前輩的肚子發出的。

「好、好的……」

他沒有穿過我們原本等待的紅綠燈路口，而是調頭走回車站。

「前輩……謝……」

謝謝。這麼簡單的一句話，卻因為我的矜持而說不出口。前輩可是代替我出糗了。

「妳有什麼想吃的東西嗎？」

「啊，我想去你和姊姊去過的那家有賣蛋包飯的店。」

「好主意。走吧。」

學長熟門熟路地走向賣蛋包飯的咖啡廳，我跟在後面。

「我要蛋包飯。」

「我要培根蛋奶義大利麵。」

離車站走路約三分鐘的咖啡廳，是棟被綠意環繞的建築物，內部裝潢燈光昏暗，還有露天座位，店內的座位則全是沙發座，以前輩帶我來的店來說太時尚了。

「妳不點蛋包飯喔？」

「請不要幫我作決定，令人不快。」

「是是是……」
「你跟姊姊一起來時，她也是點蛋包飯嗎？」
「啊——我記得應該是。」
「那麼請分我吃一口。我想吃跟姊姊一樣的餐點。」
「那妳點蛋包飯不就得了……好啦，是可以。」
等了一會兒，蛋包飯和培根蛋奶義大利麵送上桌了。我將少許的義大利麵夾到小盤子裡遞給前輩。
「哦！謝啦。」
「這叫做等價交換。」
「妳懂好艱澀的詞彙耶。來，也給妳蛋包飯。」
「因為我以前是學生會長……」
「又來這招。每次誇妳，妳都會講這句。」
「怎麼樣？有意見嗎？」
「也不是……」
「好了，趕快吃一吃，去挑姊姊的禮物吧。」

「好好好……」

中心街充滿服裝店、寵物店、餐廳與藥局等各種店家，可是感覺都不太適合買生日禮物。

「田中，妳已經找到哪家適合的店了嗎？」

「沒有。前輩呢？」

「還沒看到耶——我們又不是男女朋友，總覺得送消耗品比較好，不過護手霜太老套了，感覺像是送給公司上司之類有點距離、沒有那麼要好的人的禮物，所以我不想送這個。」

「只是你單方面覺得自己跟姊姊很要好而已，送護手霜就行了。」

「別這樣講，好哀傷。」

「呵呵！」

「哦！妳笑了。真難得耶。」

糟糕，不能笑、不能笑。

「純粹是想到有趣的事。並不是你的功勞。」

「我想也是——」

不行、不行。今天的目的是買姊姊的生日禮物，以及判斷前輩配不配得上姊姊。

我怎麼享受起來了。

「很快就要正式進入夏天，送夏天用得到的東西或許比較好。」

「比如說？」

「身為女性的妳應該比我更懂吧……陽傘或有點高級的防曬乳之類的？」

「還以為像你這種寡廉鮮恥的人只會選擇泳裝。」

「現在沒人在講『寡廉鮮恥』吧？而且我又不是寡廉鮮恥的人。」

「陽傘還不錯。」

「話說妳沒問心同學想要什麼嗎？」

「姊姊物欲不高，不太會聊到她想要什麼。但我心中有幾個選項。」

「咦？跟我說嘛。」

「不要。請你自己想。」

用不著我告訴他，也能猜到姊姊想要什麼，才是配得上姊姊的男人。

因此，我不會透露任何情報給前輩。

「我想也是。要由我親自挑選才有意義，而不是透過其他人。」

「……」

「畢竟說到生日禮物，心意最重要嘛。」

「……沒錯。前輩偶爾也講得出中聽的話嘛。」

「『偶爾』是多餘的。對了，蛋糕準備好了嗎？」

「還沒。我打算用買的。」

其實我很想親手做。

可是一定沒辦法做得比姊姊更美味，所以我想去蛋糕店買。

「妳不下廚嗎？我還以為妳肯定會自己做。」

「不，店裡賣的比我做的更好吃……買現成的，姊姊一定比較開心。」

不管是念書還是運動，我大致上都比姊姊擅長。然而姊姊廚藝好、畫技佳，長得又可愛，也有我比不過她的部分。吃了我做的蛋糕，姊姊搞不好會覺得她做的更美味，這樣我會難過。

「不可能吧？」

學長直盯著我的眼睛。

「那可是心愛的妹妹為她做的蛋糕喔？肯定比任何蛋糕都還要美味吧？禮物也是，重點在於贈送者的心意。有人為她絞盡腦汁、花時間挑選、擔心她會不會喜歡，心同學怎麼可能不高興呢？傳達愛情是要耗費時間、金錢及勞力的。」

啊啊，前輩果然很關心姊姊、了解姊姊、信任姊姊……程度甚至在我之上。

「請你不要裝出一副很懂的樣子。不過，你說得對……我會練習做一次看看……萬一失敗，就是叫我自己做的你的錯，請你負責吃掉。」

「哈哈！那我還真幸運。包在我身上。」

越了解這個人，就越沒辦法討厭他。

「啊！我想到一個好主意。」

「……嗯？」

「妳的生日是什麼時候？」

「下個月……」

「那正好！」

「怎麼了……？」

「陪我一趟。」

前輩走在我前面，走向販賣許多廚房用品的雜貨鋪。餐具、廚具、美觀的烤吐司機，還有可愛的裝飾品。

「哦！這個好像不錯。」

前輩右手拿著一件以黑色緞帶裝飾的的象牙白圍裙。左手則是緞帶換成水藍色的異色款。

「之前心同學煮奶油雞肉咖哩給我們吃的時候，她說圍裙的繩子快斷了。」

「原來如此，姊姊的確會喜歡這個禮物。可是，為什麼要買兩件？」

「一件送妳。做蛋糕會用到圍裙吧？啊，還是妳已經有了？」

「有是有，但它已經被我穿得破破爛爛，我想換一件。」

「那不是剛好嗎！嗯～心同學感覺比較適合水藍色，妳適合黑色吧。妳有沒有特別喜歡哪一件？」

前輩天真無邪地詢問。如今他正在為我考慮，總覺得有點開心，害我不小心揚起嘴角的樣子。

「……妳在笑什麼啊？我做了什麼奇怪的事嗎？」

「沒有，只是覺得你好像小孩子。」

「我比妳大耶。」

「呵呵！姊姊比較喜歡水藍色，黑色的可以給我嗎？」

「嗯。這樣妳們就能穿一樣的了！」

儘管這樣講讓我很不爽，前輩是個好人。我之所以不想承認，不是因為他惹人厭，純粹是出於嫉妒，不希望姊姊被他搶走——我本來這麼認為，然而事實或許並非如此。

我一直在追著前輩跑。

前輩認識姊姊後，我想知道他是什麼樣的人，跑去跟蹤他，去同一家店打工，還會做這種像在試探他的行為。

認識他那麼久，我對前輩改觀了。

他在打工時幫過我好幾次，還會挺身拯救嬰兒車裡的小嬰兒，就算沒人注意也會幫忙撿垃圾，展現了各種優點給我看。

這麼優秀的人，不可能配不上姊姊。

我在嫉妒。

嫉妒前輩——也嫉妒姊姊。

前輩買了圍裙，我最後選了陽傘當禮物。事情都辦完了，我們準備走向車站，天空卻下起了雨。

「田中，妳有帶傘嗎？」

「……沒有。」

我今天看過氣象預報，知道會下雨，因此我在包包裡放了一把折疊傘。然而，為什麼我要騙他我沒帶傘呢？

前輩手中拿著一把傘。我是不是覺得他會跟我一起撐呢？

「那這把給妳。」

「咦……」

「妳不想跟我撐同一把傘吧？我不介意淋溼，反正一回家就能馬上洗澡。」

我想也是。因為我一直表現出很討厭他的態度，他會這樣想也無可奈何。

「一起撐也沒差。」

我從前輩手中接過雨傘打開，然後就這樣塞回他手中，靠到他旁邊。

「那我們走回車站吧。」

我用左手勾住前輩的右手臂，以免跟他離得太遠。儘管如此，前輩毫無反應，走向車站。

「前輩。」

「嗯？」

「你喜歡姊姊嗎？」

「啥！」

他滿臉通紅，轉頭望向我。

此刻比起跟他勾著手臂的我，不在場的姊姊更能讓他緊張。

「突然問這什麼問題……」

「可是，你心裡還有光小姐的存在對吧？」

「唔……」

果然沒錯。

前輩默默低下頭。

即使我知道前輩是個好人，如果他是會腳踏兩條船的男人，我就必須讓他離姊姊遠一點。

MK
Sky

「老實說，我自己也搞不清楚。」
雨水落在傘上的聲音，以及車子在旁邊的馬路上行駛的聲音。冷清的街道上，周圍只有我和前輩兩個人。

「——可是，我現在明白了。」

前輩心裡有光小姐和姊姊之間的其中一人，沒有我介入的餘地。
如果我出生得比較早，遇見前輩的人不是姊姊，而是我。
如果高中時期跟前輩交往的人不是光小姐，而是我。
從認識他的那一刻起，我就沒有任何機會。
對我而言，最重要的人是姊姊，我希望姊姊得到幸福。姊姊幸福的笑容，就是我的幸福。
所以，我不想妨礙她。
前輩和姊姊會發展成什麼關係，該由他們自己決定，我只要默默守望即可。
「我不知道你會選擇哪一方，不過如果你敢害姊姊哭，我絕不原諒你。我至今一直守護著姊姊，未來也一樣，我會保護姊姊。所以，要是你敢做害她傷心的事……」

「——心同學並沒有柔弱到需要別人來保護她。」

「說得……也是。」

前輩很了解也很重視姊姊。

如果是這個人，把姊姊交給他也無妨。

儘管不知道姊姊的努力能否得到回報，我要為姊姊加油。

可是，至少今天一天。

我將頭靠在雙臂環胸的前輩肩上。

他卻不慌不亂，面不改色且疑惑地問我：「怎麼了……？」

換成光小姐或姊姊，他的反應肯定不一樣。

我連前輩的心都無法動搖。不過，這樣也沒關係。唯有這一刻，我想靠著他。

「田中，妳在哭嗎？」

「……我沒有哭。這是雨水。」

第六話　跟朋友喜歡上同一個人很痛苦。

我打開Connect，重看翔以阿祥的名義跟我聊天的對話紀錄。

這幾天，我不知道重看幾次了。跟他交往時，我半強制性地抓他陪我拍的照片，這幾天我也重看過好幾次。

除了照片，翔寫給我的好幾封信我也仍未丟棄，每次重看都會感覺到字跡意外工整的反差，以及八成不習慣寫信的字句，令人莞爾。

我們應該再也不會像當時那樣寫信交流了。

我察覺到了。

心對翔有好感，以及翔對心抱持的感情也不只是朋友。

起初我不想放棄。儘管好不容易與心成為朋友，我決定要堅守對他的好感。

可是，我一定贏不了心。

去心家跟天一起四個人共進晚餐時，看到他們聊得有說有笑，我深刻地體會到。

假如我表明自己的心意，心一定會顧慮我的感受。翔或許也會因為不想害我們尷尬，而刻意拉開距離。這樣反而會妨礙心。

現狀有什麼不好呢？

我跟喜歡的人交往了三年以上，重逢後還能繼續當朋友。

要是我表明心意，搞不好會不能繼續跟那兩個人當朋友。這是我最害怕的。

我已經受夠沒有翔的日子了。

再也不想回去體驗那種痛苦、寂寞、無趣的生活……

與其斷絕關係，我更想以朋友、理解者的身分待在翔身邊。而且我很喜歡心，所以我真心希望她能夠幸福。

而我無論如何都會妨礙到她。

因為每個女生都最討厭前女友了。

拿前女友的身分當擋箭牌跟翔走那麼近，會不會被心討厭呢？

我不會跟她搶。只要偶爾跟翔見個面，偶爾三個人一起開心聊天就行了。

所以，從現在開始減少跟翔見面和聯絡的頻率吧。

我要祝福心。

從最後一次見到翔的那一天起，我就再三如此發誓。

我卻違背那個誓言，像這樣追尋著翔留下的痕跡。

照片、對話紀錄，還有信件都全扔了吧。倘若不扔掉它們，或許什麼都不會改變。

捨棄一切時，我一定不會再在乎翔。戀愛就是這樣。我在網路上看見的。

失戀的傷痛僅僅是一時的情緒起伏。時間會淡化它，新的戀情會將回憶覆蓋。

看到網路文章如此寫著一堆不負責任的建議，我試過各種辦法，但過了一年以上，我依然忘不了他。

好不容易快要忘記他的時候，翔又出現在我面前。

跟他重逢的那一天，我心中暗中覺得這肯定是命運。可惜沒有那麼好的事。

就像我配對到緣司一樣，翔也配對到了其他女生。而且還是那麼可愛的人，自然會死心。

因為我不可能贏得過心。

「唉……」

真希望能將這無法跟任何人傾訴的悲傷，隨著嘆息一同吐出。

早知道會這麼難受，不如一開始就別認識翔。

只要沒認識翔，就能跟過去的人生一樣，享受沒有翔的生活。

要是我沒有在高中認識翔……我試著在腦中想像人生的番外篇，卻想像不出來。

因為我已經連少了翔的人生都無法想像。

可是，翔如果沒遇到我會怎麼樣呢？

少了前女友這個電燈泡，他現在應該跟心交往了吧……

若是如此，他們的感情會變得比現在更好，不容我介入。

到頭來，我只是早一步遇見他的女人。

即使順利復合，想必又會立刻分手。

我失敗過一次。跟翔交往後，因為合不來就一天到晚跟他吵架，然後走向分手。

情侶大多都會分手，所以我們遲早會分開。並且不會再有那種奇蹟般的邂逅。

奇蹟應該不會再度發生。

戀愛這種東西，僅僅是終點的起點。我們開始一段關係，結束一段關係，又開始一段關係，又結束一段關係，僅此而已。

俗話說有一就有二，反正復合後又會結束，所以大可讓給心。

倘若翔和心交往，這次真的會斷得一乾二淨。到時就趕快結束這場盛大的戀情，為下一段關係作好心理準備吧。

所以，我自己啊，拜託妳了。鼓起勇氣刪掉照片和通話紀錄，丟掉那些信吧。

我三番兩次如此告訴自己，想找理由讓自己放棄，卻無法下定決心。

真是沒毅力的傢伙。

只不過是用手指點一下螢幕而已，只不過是伸手把東西扔進垃圾桶而已。

「我不要……」

還想跟他一起吃飯。還想跟他一起看電視。就算只是默默走在旁邊也好。

可是，假如選擇這條道路，就非得有人受傷。

只要我繼續忍耐就好。這樣受傷的就只有我一個。

我側躺在床上縮成一團，抱緊巨大的抱枕。智慧型手機在這時響起，彷彿要將獨自沉浸在感傷中的我喚回現實。

『喂，光？』

「心，怎麼了嗎？」

我努力故作鎮定，以免聲音顫抖、眼淚奪眶而出。

『明天要不要一起去買東西……我下星期要跟翔同學出門，想買一件洋裝……希望妳幫我挑……妳有空嗎？』
心什麼都不知道，所以不能怪她提出這麼殘酷的要求。
幫要去見自己心儀男人的美少女挑衣服，實在太折磨人了。
「嗯，當然沒問題。買衣服的話，去三宮或臨海樂園那一帶應該比較好。」
『謝謝妳，光……！嗯──要去哪邊好呢？』
「我知道三宮到臨海樂園的路上，有家店有賣便宜又時尚可愛的飾品，我們兩邊都去，之後順便逛逛那家店吧。」
『可以嗎？』
「那還用說！明天中午約在三宮行嗎？」
『嗯！謝謝妳，光！』
我掛斷電話，明明決定要跟最喜歡的心約會，卻嘆了口氣。
我不討厭心。倒不如說因為非常喜歡，才會覺得煎熬。
如果心是討人厭的女生，就不會這麼痛苦了。
我不懂喜歡翔，也喜歡心，不想弄哭雙方。
我查詢明天的電車時間，同時在內心對打造這個三角關係且樂在其中的戀愛之神豎起中指。

「光……！」

在三宮站中央口前的Seben-Eleben前，心看到我便喜孜孜地跑來，我揚起嘴角。

多麼可愛的生物啊。

心，世上最適合白色連身裙的人肯定就是妳喔。

「對不起，讓妳久等了……」

「不會，只是我太早到了。」

七分袖的白色連身裙，將心襯托得比平常更有公主的氣質。她儼然是天使，難怪翔會迷上她……

「今天我想買平常不會穿的衣服。還有，飾品我也不太會挑……」

「妳平常都在哪裡買衣服呢？」

「我怕店員跟我搭話，所以都逃去用網購……」

「原來如此……網購很難看出飾品的顏色或尺寸對不對？」

「嗯，就是這樣……」

「跟平常風格不同的衣服，具體來說是什麼樣的款式呢？」

我們從車站走向中心街，感覺得到周圍的人在往這邊看。

不是我太自戀，是真的有人在盯著看。那些人絕大多數都是男性，有人在看我，也有人在看心。

想必是因為我今天穿小可愛搭透膚襯衫。

再加上黑色短裙，這身打扮挺暴露的，被人盯著看也沒資格抱怨。然而就算是這樣，他們未免看得太認真了。

「我平常都是選可愛的衣服，可是我也想嘗試看看妳這種漂亮風的穿搭！我每次都覺得好時髦……」

「我、我這種的……？」

我有那麼時髦嗎……

不過跟翔交往時，我都會儘量穿新衣服去約會，拜其所賜，我自認挺懂流行時尚，這叫做時髦嗎？

「妳不嫌棄的話可以……但是在那之前……」

「先吃午餐，對不對？」

「咦！答對了！不愧是心！」

「是翔同學跟我說的。他說妳無時無刻都處於飢餓狀態，出去玩的時候先找妳吃飯，妳的心情會比較好。呵呵，他說得沒錯。」

「唔……翔那傢伙……」

他果然是最懂我的人。

我確信為了維持現在的關係，我應該要支持這兩個人在一起。

「那我們走吧！要吃什麼？」

「我有家想去的咖啡廳！」

於是我和心來到位於三宮到臨海樂園之間，開著許多漂亮店家的榮町街。

家具店、飾品店與服裝店應有盡有，想變漂亮就是要來逛這裡。

說到神戶，會給人一種時髦的印象，可是說到神戶時髦的地方，不是這條榮町街，就是從三宮站往北走的北野坂。

這不是我個人的印象，在網路上搜尋神戶，大多都會使用這兩個地方的照片。

我想去的咖啡廳，開在榮町街上的小公寓裡面。

白天是咖啡廳，晚上是酒吧的Café & Bar Handsome。

這家咖啡廳在IG上很有名，其實我一次都沒來過。

本來應該要在一年前跟翔一起來。

我們都喜歡去咖啡廳，每次約會都會發掘新的咖啡廳，三次約會中有一次會去那家賣蛋包飯的咖啡廳。

然後，我們約好下次要來這家Handsome，卻從未踏進過——就分手了。

跟翔分手的這一年，來這家咖啡廳的機會要多少有多少，然而我總覺得跟翔以外的人來，我們就永遠不可能復合，所以一直避開這家店。

可是，已經沒有那個必要了。

因為我們不可能復合。

「我知道這家店。之前在IG上看過，我一直很想來一次！」

「這樣呀，那麼太好了。」

我們爬樓梯來到開在四樓的咖啡廳，隊伍甚至排到三樓了。

令人難為情的是，在我看著從網路上查來的菜單等待隊伍前進時，我的肚子迫不及待地叫了。

「不介意的話，要不要吃這個？」

「咦？對、對不起喔。謝謝妳。」

心從可愛的褐色皮革肩背包裡拿出巧克力，微微一笑。

害羞歸害羞，繼續讓我肚子叫的聲音在樓梯間迴蕩，對排隊的人也不太好意思，我便決定收下了。

「翔同學說他跟妳一起出門的時候，都會隨身攜帶零食。他一臉無奈地說，因為妳是個愛吃鬼喔。」

「是、是喔～那傢伙還講過那種話啊。總覺得……有點火大。」

「不過他好了解妳，很厲害耶。」

「對……呀。」

翔連我沒發現的事都知道。

跟翔約會的時候，我的肚子幾乎不會叫，肯定是因為翔在我肚子叫之前就會觀察我的飢餓程度，餵我吃零食。

跟心聊著聊著，轉眼間就排到我們了，我們坐到窗邊的座位。

在神戶市中，榮町街也是我特別喜歡的地方。能邊吃飯邊從四樓俯瞰它的街景，真是幸運。
「我要一份鹹派套餐，飲料要冰拿鐵，再來一塊生乳酪蛋糕餐後上。」
「光好熟練……！那、那我要煙燻鮭魚白醬義大利麵套餐，飲料選柳橙汁，也要一塊生乳酪蛋糕餐後上……！」
「好的。」
店員離開後，心吁了一口氣。根據翔的說法，最近她已經幾乎不怕生了……
「進入這麼漂亮的店，好緊張喔……」
「對不起，以後還是選家庭餐廳比較好嗎？」
「沒關係，多虧妳和翔同學的幫助，我現在能正常點餐了，我不介意！最近剪頭髮的時候，也敢跟設計師閒聊了喲。」
「這樣呀～妳很努力呢，真了不起。」
「嘿嘿嘿～」
我摸摸她的頭，看見她背後有狗尾巴在搖的幻覺。這是什麼可愛生物啊？
「常在ＩＧ上看見這家店的生乳酪蛋糕呢。」
「對啊。聽說用紗布包著，搭配草莓果醬一起吃很好吃。我想吃很久了，好高興終於能吃到。」

「妳沒跟翔同學來過嗎？」

「嗯，沒有。」

「原來是這樣。翔同學說他常跟妳一起發掘咖啡廳，我還以為你們一起來過。」

其實原本有那個計畫。

可惜我八成不會有跟翔單獨來這家店的機會。

就算他會來，也是跟心一起，而不是我。

別那麼悲觀。我得懷著正向的心情為心打氣，心如果察覺到我的心情，搞不好會有罪惡感。

跟心聊了數分鐘，餐點送上桌了。

「鹹派看起來好好吃。」

「妳的義大利麵看起來也不錯。要交換吃一些嗎？」

「當然！」

很多男生討厭分食，女生卻鮮少有人會感到排斥，或許是因為女孩子屬於會共感的生物。

跟心出來玩的時候，我們大多都會分食，分享感想。

都是因為跟翔重逢，我才有辦法像這樣交到合得來的朋友。

既然如此，這樣不就得了？跟翔重逢的意義，是讓我和心變成朋友——只要這樣想就行了。

跟翔重逢，不是為了和他重修舊好，而是為了跟心成為朋友。沒錯。所以，趕快學會把翔當成無關緊要的人吧。

「嗯～！謝謝妳分我吃鹹派！非常美味！」

看，能和這麼可愛的女生成為朋友，已經足夠了。

「妳的義大利麵也好好吃！」

我們將分食的餐點還給對方，我吃完的十分鐘後，心也吃完了。

看到我吃這麼快，心高興地用右手掩住嘴角微笑著說：「跟翔同學說的一樣。」

她的一舉一動都反映出男性的理想，連我這個女人都被迷住。

情敵是這麼可愛的女生，輸了也是無可奈何吧。

「光，等等要去哪裡？」

「嗯～要買衣服的話，臨海樂園有棟叫umie的購物中心，去那裡前先在榮町街找幾家店逛逛吧。」

「好！」

在咖啡廳結完帳，我們開始在榮町街逛街。

我們要去的飾品店二樓是雜貨舖和咖啡廳，一樓的飾品店可以從許多配件中選擇自己喜歡的組合製作飾品。

不過我們這次決定買現成的。

「這個好適合光！」

「是嗎？那我戴戴看。」

「看，果然很適合！跟這身成熟的裝扮也很搭！」

邊緣是金色，約四公分寬的透明手環。心不知道是不是忘記她要買自己的東西了，雀躍地幫我挑選飾品。

「既然妳這麼說，要不要買下來呢～」

「嗯！看起來很貴，實際上卻只要一千兩百日圓！好划算耶！」

跟剛認識的時候比起來，她跟我變得很親近。看到她天真爛漫的笑容，我不禁覺得，真的不想妨礙這孩子的戀情。

「心，妳是不是忘記自己也要買東西了？」
「啊……」
我們四目相交，光這點小事就讓人心情愉快。
「呵呵呵！我都忘了要請妳幫我挑飾品呢。」
「妳在幹嘛啦～哈哈哈！」
多麼幸福的時間啊。
「妳冬天應該都穿冷色系，最好選銀色的飾品。」
「好厲害，用看的就知道嗎？」
「只是問過幾個朋友他們的個人色彩是什麼，大概猜得到而已。很多人夏天穿冷色系，秋天穿黃色的人也很多。冬天穿冷色系的人不多，可是藝人或模特兒那種美女滿愛穿的，我看到妳就覺得妳也是！」
「我以前半個朋友都沒有，只有天能跟我聊這個，所以我不知道……」
「沒關係，以後我會告訴妳。」
「嗯！謝謝妳，光！」
店裡的客人大多是女性，其中也有情侶。女友就在身邊，那些男人卻在偷看心。

我懂。換成是我，一定也會忍不住被她奪去目光。不過旁邊的女友在生氣，勸各位男性還是克制點。

心好像會在網路上接別人的委託畫圖賺錢。今天她打算用報酬和零用錢享受購物的樂趣。

能靠畫圖賺錢真的好厲害。對我這種除了吃東西沒有其他興趣的人來說，沒有比這更令人羨慕的了。

真希望我也有能夠沉迷其中的興趣。

我過去曾經為什麼東西深深著迷過嗎……思及此，翔的身影率先浮現在腦海。

在我的人生中，翔的確是我深深著迷過的人，可是真的有那麼容易忘記他嗎？

心買下我推薦的銀色飾品、手鍊、項鍊和耳環，滿足地笑著走出店門。

「我平常都不戴飾品，好期待！翔同學會發現嗎～」

「難說耶？他應該會發現，但我猜他肯定不會說出口……啊！不過認識緣司之後，他好像變得比較懂女人心了，說不定有機會……」

「妳聊到翔的時候，看起來好開心耶？」

「咦？哪、哪有！我只是好奇翔看到妳變得更可愛，會有什麼反應！」

心微微垂眸，露出哀傷的微笑。我不明白那抹笑容的意義。

「今天謝謝妳。託妳的福，我找到可愛的衣服。」

「不會，我才要道謝。能在試衣間看到妳穿各種衣服，超幸福的～」

「討厭！就叫妳不要偷看了……！」

「有什麼關係，我們都是女生嘛！而且我有忍住沒抱緊妳，應該要誇獎我吧？」

「呵呵！不行。妳感覺有點像天。」

「咦？哪裡像？」

天長得幾乎跟心一模一樣，不可能像我這種人。

「嗯～例如會一直誇我可愛，會講有點糟糕的話……？」

「啊～這是妳不好。妳擁有連女生都會變成色老頭的魅力。」

「色老頭……呵呵呵！」

買完東西，我和心拿著星巴可的飲料坐在海邊的長椅上聊天，夕陽為我們塗上一抹橙色。

心的面容實在太過美麗，害我差點感動落淚，抱住我不自覺買下的幾件衣服。

要穿這些衣服去哪裡呢？要穿這些衣服去見誰呢？

可以穿去跟大學朋友玩，也可以穿去跟幫我挑衣服的心玩。

穿去跟男人出遊或許也不錯。

我已經決定要放棄翔，說不定可以透過最近根本沒在用的Connect認識新對象，穿去跟某個人約會。

至今以來，我只有辦法喜歡上翔一個人。

可是有部分是因為，我原本就不打算談戀愛。

認識翔、不知不覺喜歡上他、嘗過戀愛的滋味，如今我可以立刻喜歡上其他人。

肯定是這樣。所以，轉換心態吧。

「結果妳幫我挑的衣服，都跟我平常穿的衣服差不多。」

雖然心的要求是想買風格與我類似的衣服，她還是適合平常穿的那些款式。

清純、優雅、美麗，同時卻具備可愛，如同天使的心。比起穿得跟我一樣的心，翔應該也會比較喜歡一如往常的她。

「妳最適合連身裙或針織衫這種衣服。還有，最好儘量不要穿得太暴露。」

「為什麼？」

「因為我不想讓其他人看見！心是我的天使！心最強！我的超級本命！超高貴的！我的老婆！」

「原來妳是我的偶像宅嗎……！」

「Yes, my angel.」

「呵呵……」

我豎起大拇指咧嘴一笑，心便用右手掩住嘴巴笑了。

對了，翔曾經說過，他喜歡我笑的時候會用雙手掩嘴的部分。

竟然連這麼細節的地方都注意到，真是萬萬沒想到。那傢伙好噁……我說真的。

「心，翔好像喜歡笑的時候會用雙手掩嘴的女生。」

「咦？」

「還有，下樓梯時最後兩階會直接跳下去的女生。」

「這樣呀……」

還有廚藝差卻很努力練習做菜的女生。可是心和我不同很擅長做菜，這一點就跟她沒關係了……

「他還說過喜歡吃飯吃得津津有味的女生。」

「………」

「至於翔本人的資訊，他喜歡貓，還有比起吃飯他更愛睡覺。儘管死都不承認，他超喜歡爺爺，以前超常提到爺爺的～那傢伙總是擺著一張臭臉，朋友很少，只有爺爺會陪他玩。或許是因為這樣，他才這麼喜歡爺爺吧～呵呵！還有，他的嘴巴雖然惡毒，其實只是傲嬌而已，必須自己讀出他真正的想法，這一點很難搞。妳一定做得到！如果妳有機會去翔的老家，小心他爺爺。我是沒差，不過他爺爺極度友善，怕生的妳或許會有點招架不住。他人很好，所以不用擔心～啊，還有啊，翔是個貓背貓舌貓控，喝熱的東西之前先幫他吹涼，他會高興得臉紅喔。那傢伙其實挺好哄的～然後——」

我不小心把心晾在旁邊，滔滔不絕地說。

這樣一看，我根本忘不了翔嘛。

我望向旁邊，深怕心被我嚇到，她臉上帶著剛才也看過的哀傷微笑。

「對不起，我一口氣講好多話……」

「沒關係，我不介意。」

她只是搖搖頭，沒有看我。

「……我有件事想問妳。」

「什麼事……？」

夕陽逐漸西沉，天色變得越來越暗。

由於忘記戴隱形眼鏡，害我看不清楚心美麗的臉龐。

她停頓片刻，喝了口手中的豆乳拿鐵。

我發現她難以啟齒，不久前歡樂的氣氛蕩然無存。

我受不了有點尷尬的氣氛，正想開口說些什麼時，心看著我的眼睛問：

「光──妳現在還喜歡翔同學嗎？」

「──咦？」

萬萬沒想到會從心口中提出的問題，導致我當場愣住。

不能愣住。得明確否認才行。因為她要是知道我喜歡翔，肯定會主動退出。

我不想讓她操心。

「最、最好是啦！妳聽我們平常聊天的內容也知道吧！我跟他水火不容！是注定合不來的兩個人！所以我們才會分手！」

「……是這樣嗎？我倒覺得你們很配耶？」

「哈哈哈！怎麼可能！不然我們就不會分手了！」

我沒出紕漏吧？

有沒有一臉驚慌呢？有好好否認嗎？——說謊說得自然嗎？

「我喜歡翔同學。」

「……看得出來。除了他以外，大家都知道吧……」

「嗯。我也覺得肯定藏不住。我對翔同學的好感，就是表現得這麼明顯。」

可見心有多喜歡翔。所以如果我喜歡翔，她想拜託我放棄嗎？

不對，心不是會講那種話的人。

「可是，光——」

她不會講那種話。因此，她現在想講的是別的事。

「——妳是不是也一樣呢？」

「……才不是。」

「因為妳聊到翔同學的時候總是很開心，跟我想到他的時候一樣。為什麼要隱瞞呢？我們不是朋友嗎？」

為什麼——我才想這麼問。

就算妳察覺到我的心意，既然我選擇隱瞞，就有我的理由。

假如這份心意被發現了，我會失去很多東西，所以我才瞞著，當成沒這回事。朋友少的妳不會懂……呃，我在想什麼啊。討厭，我真差勁。

「光，我當然喜歡翔，但我也非常喜歡妳。我想要一直跟妳當朋友。所以，我不想看妳這麼煎熬。」

她直盯著我，把手放到我的手背上。她已經不是當初那個內向怕生的心了。不只目光堅定。平常有點發抖的聲音也是前所未有的鎮定，放在我手背上的手同樣感覺不到一絲動搖。

她明明可愛得跟小動物一樣，這種時候卻有種大姊姊的風範。

心原來是這麼堅強的女孩啊。

「假如妳其實喜歡翔同學，卻想為了我而退出，請妳不要這樣……對此我一點都不高興。」

看來她全看穿了。

心已經察覺到我的心意。

不高興。她從來沒有如此直接地表示否定過，很不像她會講的話，又相當符合她的作風。

坦率、溫柔，而且不會說謊，是個誠實的女孩。

和我不同。

「我沒有那個意思。純粹是因為我跟翔交往那麼多年，他又是我的初戀，我希望他得到幸福。我覺得對象是妳的話挺好的，所以我選擇祝福妳。」

我已經決定了。

這個謊言要帶進墳墓。不會告訴任何人，也沒打算懷著對翔的好感結束這一生。

只要讓謊言變得不是謊言——喜歡上其他人即可，很輕而易舉。

「妳真的這樣就滿足了？」

「嗯。這樣就好。能在旁邊看你們開開心心，對我來說最好。」

因為這是不會讓任何人不幸的唯一方法吧？

只要我忍耐就行了吧？

就這麼簡單。只要放棄一個人，剩下的所有事情都能一帆風順。

「我不認為那是妳的真心話。其實我在兩年前左右就遇見翔同學了。儘管他不記得，我一直記在心裡。」

肯定是指大學考試那一天，還有開學典禮的時候。

那篇漫畫果然是真實故事。

不管怎麼看，裡面的男主角都是翔，女主角則是心。

「可是翔同學當時還在跟妳交往，所以我本來想放棄了。」

心喝了口豆乳拿鐵。

她看起來有點泛淚，與她相握的手微微顫抖起來。

「我做了很多努力，想在下次遇到那樣的人時，成為配得上他的女生。我學習穿搭，還看了許多影片練習化妝，靠健身改善不良的姿勢，練習跟便利商店的店員打招呼，為了改善怕生的毛病，試過各種方式。就連開始使用交友軟體，也是想克服怕生的毛病。不過……」

一粒豆大的淚珠從心美麗的眼睛滑落，她用顫抖著的聲音接著說：

「我一直忘不了他。不是他就不行。我連他的名字都不知道，根本沒有講過幾句話，兩年來都只是默默看著他，甚至沒被他注意到。我也知道他有女朋友，卻始終喜歡著翔同學。妳和翔同學重逢後，看到他跟妳聊得那麼開心，看到妳聊到他的時候那麼開心，我意識到自己是個電燈泡，是個配角，即使如此，我還是喜歡他。」

看到心邊說邊淚流不止，我心想她為什麼要哭成這樣？可是，連心存疑惑的我都在無意間流下淚水。

我在哭什麼呀。

「我是這樣的，所以我明白。」

「……明白什麼？」

「妳也——跟我一樣吧？」

或許是被心的眼淚影響。我如此猜測，實際卻並非如此。

聽見心的想法，我覺得她簡直在代為訴說我的心情。

「跟朋友喜歡上同一個人，很痛苦呢。」

她邊說邊拭淚。這個說法，彷彿已經確定我仍舊喜歡翔。

是沒錯，但不是那樣。

因為我必須澈底隱瞞這份心意。

「我是被妳影響才哭的啦。不是因為我喜歡翔。」

「光……」

「假設我喜歡翔，翔也喜歡我，那又怎麼樣呢？我們曾經交往過，一天到晚吵架，最後分手了喔？一定會重蹈覆轍，然後又回到一無所有的生活。我死都不要這樣。我跟翔當朋友就好，我也不想和妳變成情敵。讓我們好好相處嘛……我只要能繼續和你們當朋友就好。我沒想過要獨占翔，也不想這麼做。」

「就算你們在一起，我被翔同學甩了，我也會把妳當成朋友呀。到時我會祝福你們，這樣不行嗎？」

心真是堅強。

我沒自信能跟現在一樣，與妳維持良好的關係。

翔和心牽手走路的畫面、擁抱的畫面，以及接吻的畫面，我都看不下去。

我是不是重女(註：帶有沉重屬性的女性角色)啊？

「我要再說一次，我根本沒把翔當成戀愛對象看待。」

西斜的夕陽不知何時完全沉入海平面下，周圍只剩街燈和微弱的月光。

「走吧，該回家了。我的家人會準備晚餐，現在告訴他們我要吃過再回去有點太晚

了。晚上這麼冷，妳也趁還沒著涼之前回家吧！」

我拭去淚水，笑著起身。

都是因為我藏不住自己的心意，才會害心露出這種表情。

我害她為我操心、為我難過，有了不好的感受。

對不起，我絕對不會再讓妳露出那種表情。

「翔同學一定不會察覺到我的心意。所以……」

心站起來望向我，眼眶有點泛紅，臉上還留有淚痕。

「——我打算向他告白。」

不行。別讓她發現我的心意，別表現在臉上。

「這樣啊～嗯，我覺得這樣比較好。翔超遲鈍，沒有自覺的這一面超讓人傻眼。就算妳直接用講的，他也有可能曲解成奇怪的意思，所以最好採取能讓他確信的行動……我會為妳加油。」

「就算妳阻止我，我也不會放棄。因為要作決定的人是翔同學。假如翔同學決定跟先告白的人交往，就太遲了喔？妳真的不介意嗎？」

用不著這樣測試我。

我已經不打算做些什麼了。

「心，我要說的只有一句話。我會為妳加油，就這樣。」

「妳不後悔？」

別說了。

「不會。」

「不會難過？」

別刻意問我。

「為何要難過？我反而很高興。」

「不會想起那些回憶？」

要一直故作鎮定很累人。

「不會、不會！」

「無論結果如何，妳都會繼續跟我當好朋友？」

「那還用說。我們會是永遠的好朋友。」

假如他們兩個交往了，我能忍受一直看他們放閃嗎？說實話我沒自信。

我像要逃避似的結束這個話題，指向車站的方向。

「我要搭ＪＲ線，妳呢？」

「……阪急。」

「那就在這裡說再見嘍。」

「……」

「唉喲，別露出那麼憂鬱的表情。我真的對翔沒感情了，不用顧慮我。」

「可是……！」

「好，這個話題到此結束。我們要一直當好朋友吧？既然如此，讓我們開心地道別，好嗎？」

「嗯……」

「再見嘍，掰掰。」

我笑著對她揮手，心卻微微低著頭，沒有看我。

我不忍心再看下去，沒等她回應就邁出步伐。

心輕聲呼喚我的聲音從背後傳來，然而我假裝沒聽見，踩著比平常快一些的步伐走向車站。

這樣就好。這樣難過的人就只有我一個。

壓抑已久的感情如同潰堤似的，在背對心的同時化為淚水奪眶而出。

我沒有抬手擦拭，而是任憑它流下，以免被在後面看我的心發現。

走了一會兒，彎過轉角的瞬間，我無力地坐到地上。

心已經回去了嗎？在這裡被她看見就糟了，得趕快站起來。得趕快擦乾眼淚。

正當我這麼想時，智慧型手機傳來聲響。是心傳訊息給我。

『回家路上小心喔。下次再一起出來玩吧。』

我的內心百感交集，連自己為何在流淚都不知道。不過，確認沒有其他人在看後，我再也無法控制。

上鎖的智慧型手機螢幕照映出淚流滿面的我。真狼狽。

神情扭曲，還有點脫妝。由於哭得太慘了，以至於眼睛整個腫起來，真不想讓任何人看見這副模樣。

『嗯！妳也要注意安全！』

我送出跟表情和心情相反的活潑字句。

坐在這種地方會弄髒衣服。萬一有其他人來，會受到關切，我得快點站起來。

我撐起沉重的身軀，坐到附近的長椅上打算先休息一下。

「唉……」

我嘆著氣，從口袋拿出手帕拭淚，讓剛才就一直怦通狂跳的心臟冷靜下來。

「…………好！」

我拿漆黑的智慧型手機螢幕當鏡子用，確認自己的臉色變得比剛才好一點。就在我正想起身時，智慧型手機螢幕亮了起來，與此同時開始震動。

是電話。

螢幕上顯示著「翔」。

他難得打電話給我。翔不喜歡講電話，也不喜歡傳ＬＩＮＥ，除非有什麼要事，否則他不會主動打電話來，從交往時就是這樣。

他找我有什麼事嗎？

以翔的個性，十之八九是如此。不過，總覺得現在接起這通電話，我一定會變得無法放棄他。

心臟狂跳數秒後，翔打來的電話掛斷了。然後過不到十秒，他傳來ＬＩＮＥ訊息。

『妳現在在哪裡？要不要出來吃個飯？』

翔很少約我吃飯。

『不行，我家準備晚餐了。』

這樣就好。家裡是真的有飯吃，而且我現在絕對不能見到翔。

我沒自信控制得住情緒，妝也掉光了，臉又哭得腫起來，醜到不行……話說我幹嘛要讓翔覺得我可愛啊？

知道了，乾脆去見他吧。

在這麼醜的時候跟他見面，擺出一張臭臉，翔想必會對我徹底失去興趣。

這樣一來，身邊有心這麼可愛的女生，他們的關係搞不好會更進一步。

翔傳來回應，彷彿要實現我的願望。

『那純粹出來聊個天行嗎？』

我吸了下鼻子，雙手拍打臉頰，然後送出回應。

『要約在哪裡？』

我跟翔的高中位於翔的老家附近。我常在他家過夜，然後一起上學。從那個時候起，他家就放著幾樣我的東西。跟翔吵架、分手後，我以為我們馬上就會和好，所以沒把東西拿回來。

結果我們始終拉不下臉向對方道歉，跟自然消失一樣真的分開了。

當時留在他家的東西是什麼啊？

記得是護膚用品套組……不對，護膚用品是借用翔的。對了，我想起來了。是內衣、隱形眼鏡盒，以及隱形眼鏡清潔液。

我都直接穿翔的睡衣，應該只有那些東西。

「唉……都是我的愛用品耶……」

事到如今也很難叫他把我的內衣還來，而且以我們現在的關係，我不想跟他提到內衣……翔沒有用我的內衣做奇怪的事吧？

翔的老家和我們的高中之間有座小公園，明明沒有要盪鞦韆的意思，我卻坐在鞦韆上輕輕晃著，仰望空中的月亮。

今晚是滿月啊？我想起某個滿月的夜晚，我們之間的對話……

我說滿月跟饅頭很像，惹來翔的一陣嘲笑。

他說：『要像也是像蛋黃吧？』我則回答：『每個人的看法不一樣吧？』結果又吵架了。我們真的總是為芝麻小事吵架耶……

「呵呵！」

放學路上，我們常買東西到這座公園吃。

路過公園入口的同學調侃我們：『別在公園做奇怪的事喔。』說中了我剛好在想有機會的話要牽他的手，害我臉頰發燙。

翔的反應也跟我差不多……他應該在想同樣的事吧。

「……他也有可愛的一面嘛。」

這座公園也是我們決定交往的地點。

——我們要不要在一起？

現在我會疑惑為何要用問句，可是我當時高興得快要喜極而泣，想要當場跳起來，拚了命地掩飾喜悅。

平常明明總會像這樣把情緒寫在臉上，卻不好意思用行動示愛，開不了口向他表示喜歡。

交到我這種女朋友，翔說不定會擔心我是不是真的喜歡他。不過他也沒好到哪裡去，無權向我抱怨。

「笨——蛋。」

在無人的公園內坐在鞦韆上自言自語，正常來說應該有人報警吧……

在我決定閉上嘴巴時，公園入口傳來窸窸窣窣的腳步聲。這種懶洋洋的走路方式肯定是他。

「嗨。」

「嗯。」

明明想讓他看我哭腫的臉頰才前來赴約，我卻低下頭，避免被翔看見。

仔細一想，這座公園的長椅旁邊設有街燈，我還特地選擇坐在這座鞦韆上，真的好窩囊。

到頭來，我還是不想讓他看到我這副狼狽樣。

「咦？妳今天出門了嗎？」

看到我的服裝，翔提出疑惑。

我今天打扮得不像打工剛下班回家，也不像隨手拎了件衣服從家裡出來赴約。

「跟心出去玩。你剛好在我們解散後約我。」

「啊～原來如此。妳們去哪裡玩了？」

他走過來，坐在我旁邊不會被街燈照到的鞦韆上。

「嗯～買東西。」

「哦～買衣服嗎？」

「嗯，還有飾品……心買了很多東西，變得更可愛了，你要睜大眼睛看喔。」

「真難得，她平常明明不會戴飾品。」

「……你觀察得真仔細呢？」

「還好啦……畢竟我們每天都一起吃午餐。」

「真好。聽起來很開心。」

「是很開心啊。」

很開心啊？這樣啊，太好了。

「你跟心最近處得如何？」

「什麼意思？」

不用問也知道吧？話說別逼我說明好不好？我連問這個問題，心都會痛。

「你們感情好嗎？」

「還不錯吧。或許比不上妳們兩個就是了。」

「是喔。」

「妳自己要問我的，幹嘛擺出一副嫌無趣的態度。」

「是是是，抱歉、抱歉。」

「看不出妳有要反省的意思。」

「那天呢？還是一樣被她討厭嗎？」

「她最近怪怪的。變得比較溫柔，跟我講話時還會笑。」

「她面對我的時候都笑咪咪的喔。」

「好好喔，我再也不想被她針鋒相對了。」

天是心的忠犬，八成覺得翔礙眼到不行……話說比起忠犬，她可能更接近看門狗。

「啊！對了，楓小姐最近常往緣司家跑喔。」

「咦？怎麼回事？他們在一起了嗎？」

「關於這點，楓小姐會在緣司家過夜，也有他家的備用鑰匙，緣司出門時還會留她一個人在家，但他們好像沒在交往。超扯的對不對！」

翔雀躍地面向我，臉上帶著跟那個時候——跟交往時同樣的笑容。我不忍心看下去，假裝以手托腮，擋住半邊的臉。

「哎喲～他們在一起了吧？只是沒跟你說而已。」

「據緣司所說，楓小姐睡覺時會叫他去睡沙發，不肯跟他睡同一張床。」

那可是他家耶。

「哇咧，安捏我看他們沒在交往喔～」

「哦！是牛奶男孩的相聲哏。不愧是妳，識貨喔。」

「跟你交往的時候被迫看了一堆相聲，結果我也迷上了。我最近大概最喜歡奧斯華爾德吧。」

「奧斯華爾德很讚對吧！用他們的哏來說，就是好笑到『大腦都快融化了啦』！哈哈哈！」

翔喜歡搞笑節目，經常都會收看。明明嘴上說喜歡，實際看的時候卻幾乎都面無表情，只是目不轉睛地盯著螢幕。他說他這樣是因為很專注，可是我每次都在想他是不是真的喜歡。

看到他聊得這麼開心，我便明白他是真的喜歡。總覺得好可愛。

他的笑容讓我覺得不久前烏雲密布的心就像撥雲見日了。這點讓我很高興，不自覺盪起鞦韆。

「哇！好久沒盪鞦韆了，好好玩！」

「那我也要！」

都二十歲了，還在跟前任玩盪鞦韆玩得這麼開心，總覺得有點好笑。

「哈哈哈哈！我們在幹嘛啊！」

「哈哈哈，不知道——！有什麼關係，好玩就好！」

高中時期大概也是這樣。

為了事後回想起來根本不知道哪裡有趣的事情，一直笑得跟白痴一樣。

就算跟朋友分享當時的對話，他們不懂哪裡好笑，我也不太清楚。

然而現在我懂了。重點不在於我們做了什麼事，而是跟他在一起很開心。

當時我以為這段時間會永遠持續下去。

當時我沒有任何煩惱。

當時我每天都很快樂。

換個心態吧。我已經得到他三年以上的時間，很幸運了。

是時候將那收到太多的幸運還給上天了。

我們曾經在今天這一天，在此時的這個地方聊得有說有笑。

以這個快樂的回憶作為結尾，開始一段新的人生吧。

「啊～好久沒盪鞦韆了。不曉得溜滑梯我是不是也能玩得開心。」

「有困難吧？再說你塞得進去嗎？溜滑梯相當窄耶？」

「可以、可以！」

翔露出天真無邪的笑容跑向溜滑梯，在途中從口袋拿出智慧型手機，停下腳步。

「怎麼了嗎？」

「心同學傳ＬＩＮＥ給我。」

他邊說邊打開聊天視窗查看訊息。

我沒有要偷窺的意思，純粹是不經意走到旁邊、不小心看到，然後為此後悔。

聽到是心傳的訊息，我應該想像得到才對。

『下星期六的約會，我有部電影想約你看，方便的話要不要一起看？』

看見這行字，我意識到了。

下星期六，心要跟翔告白。

「翔，我該回家嘍。」

「咦……」

今天是翔找我出來的，他肯定有話想跟我說。

如果內容是閃過我腦海的字句……心該怎麼辦？

不對，不可能。我太自戀了。

「等一下啦。」

「不行！我媽剛傳ＬＩＮＥ給我，說晚餐煮好了！」

並沒有。可是我想趕快逃走。

趁我的情緒還沒反映在臉上。

「……好吧。至少把這件外套穿上。我看妳一直很冷的樣子，臉色也不太好。」

翔這麼說著，脫下他穿在身上的連帽厚外套，披在背對他的我身上。

臉色差不是因為冷。不過我得當成是這麼一回事。

幸好翔很遲鈍。他誤以為我浮腫的臉和淚痕，是天氣冷的關係……與其說遲鈍，不如說傻吧。

「謝謝。」

我不知道自己現在是什麼表情，所以仍然背對著他。

「嗯。」

平常動不動就咕嚕叫的肚子，今天也無聲無息。

「什麼時候還我都行。」

「嗯。」

別這樣。

「掰啦……晚上回家要小心喔。」

「嗯。」

就叫你……別這樣了。

「小心不要感冒了。」

「嗯。」

我想把你當成無關緊要的人。

「……再見，晚安。」

「嗯。」

別這樣，不要跟交往時一樣，用那麼溫柔的語氣和我說話。

不要對我那麼溫柔。

我不會再見你。不會再喜歡你。到此結束了。下次跟翔見面，就是要還它這件不合時宜的厚外套，與這份心意徹底道別的時候。

所以，在那之前——

「……——再見。」

終章　不傳達心意的話，會一直後悔下去。

『我會期待今天。』

傳完這句話後，她補上一個兔子像在祈禱似的雙手交握於胸前的可愛貼圖。對話框裡寫著「好期待♡」的文字，還附帶愛心。

這個貼圖很符合心同學的形象。

『我也很期待。那就中午十二點在三宮站中央口前面的Seben-Eleben見。』

『嗯！』

今天要跟心同學出門約會。

先一起吃午餐，之後再去看電影。以少女漫畫為原作的電影。

心同學是上週約我的。

男生說不定沒興趣——她先這樣跟我打了一劑預防針，才約我看那部電影。

我的確沒在看少女漫畫，可是據心同學所說，主演的男演員似乎長得很像我。

上網搜尋過後，我並不這麼認為，不過我確實對這部電影產生了一些興趣。我沒這麼帥啦……

「呼啊——」

最近我睡得不太好，明明約在中午見面，早上就自動醒來了。

我睏得起床後不停打呵欠，卻對自己睡沒多久就醒來的原因有一絲頭緒。

上星期跟光聊過的那一天，我在回家路上看到一隻野貓。我把牠的照片傳給光，但她尚未回覆。

我一面刷牙，一面打開連已讀都沒有的聊天視窗。

——這個牙膏好好吃！

我住在老家時就在用這款牙膏。覺得牙膏好吃真的很莫名其妙，不過或許是因為光曾經稱讚過它，我搬出去住之後仍舊沒有換其他牌子。

應該是因為我覺得，要是哪一天跟光復合，她八成會罵我換其他牙膏用。

一直用前女友喜歡的牙膏，站在一般人的角度來看挺噁心的，下次換個牌子吧。

反正我並不是特別喜歡這一牌的牙膏。

「叮咚。」

刷完牙、擦乾嘴巴時，電鈴——不對，是緣司模仿電鈴的聲音從門口傳來。

「一大早跑來幹嘛啦。」

打開門，緣司面帶笑容站在門外。

「一大早？已經九點了耶？」

「假日的九點等於平日的六點。」

「別扯歪理了，放我進去。我是來玩的。」

我還沒答應，緣司就開始在門口脫鞋。

他平常穿得挺帥的，來我家的時候卻穿得非常休閒。今天是短袖短褲加涼鞋，彷彿把這裡當成自己家的裝扮。

而且不只服裝，他還未經許可跳到我床上，拿出智慧型手機看影片。

「喂，我今天會出門，你最晚中午要離開喔。」

「咦～那我也要去。」

「白痴喔。我要去約會。」

「跟哪一個？」

「為何講得一副只有兩種可能的樣子啦。」

「不是嗎？」

「是沒錯……」

不是光，就是心同學。

「今天跟初音同學對吧？」

緣司看著影片，興致缺缺地說。他怎麼知道？

「你在疑惑我為什麼知道對吧？」

「別讀我的心。」

「因為你跟小光出去時，不會用『約會』這個詞不是嗎？想一下就明白了。」

「確實……」

跟光出去時，老實說我也是當成「約會」。然而我並不想承認。

「你要固執到什麼時候啦。」

「我才沒有……」

無法承認那是約會，是因為那個詞令我感到難為情。可是用在心同學身上，就不會這麼覺得。

因為對象是光，導致我不想承認。這叫做固執嗎？

「你覺得跟小光復合是不對的嗎？覺得那是不應該的嗎？」

不久前的我，說不定會如此認為。

我們都分手過一次了，就算復合也只會重蹈覆轍。所以，復合是在浪費時間，是在消磨感情。

也許我內心深處是這樣想的。

「復合成功的案例的確不多，可是未來的事沒人說得準吧？即使你跟新對象處得和以前的小光一樣好，搞不好最後還是會分手。畢竟人人都有這個可能。」

「你一大早就是來跟我說這個的嗎？」

「咦？不是啦，純粹是你現在看起來好憔悴，我在猜是不是小光的關係。」

你真的會讀心對吧？

緣司看穿我失眠的原因出自光。該說不愧是我的摯友嗎……

「跟這個人交往會如何、那個人對我是怎麼想的，我個人認為並不重要。」

「……」

「重要的是你想怎麼做，不是嗎？」

我懂。這點我很清楚。

然而我之前一直沒有理解。

和光吵架就會想著要趕快和好，可是萬一光不這麼想怎麼辦？假如光主動說要和好，那麼我只要答應，這件事就能當作沒發生過。

就這樣，在這段關係中我一直處於被動，所以才會在分手後的那一年間跟她沒有任何聯繫，導致關係自然消失。

我們分手的原因在於雙方都太固執。不過高中時期有同班同學居中協調，我們的感情才有辦法維繫下去。

少了他們，這段關係就出現課題要解決。

接近對方、表明感受，然後承認自身的錯誤。

我的課題是太愛看光的臉色行事。

有時強硬一點也無妨。如果我堅持己見，我們肯定不會走到分手這一步。

我不想分手。想跟她在一起。想跟她和好。倘若說得出口，結果或許會不同。

「緣司，不必再為我和光的事情搞小動作了。」

「咦……」

「以你的個性，肯定會說是為了我，偷偷做些什麼吧？」

「哈哈！被發現了嗎？」

緣司將視線從智慧型手機上移開，搔搔臉頰。緣司會為我著想，所以如果我有什麼煩惱，他應該會想方設法幫我解決。

「儘管不確定，我覺得你八成會這麼做。」

「……這樣啊。叫我不必再插手，代表你心意已決嘍？」

「……對。」

不能一直處在模糊地帶，我要結束這曖昧不明的心情。

「——所以今天，我會作個了斷。」

時節進入七月，氣溫升高不少。

與光重逢以及認識心同學，是在二月已經過了一半的時候。

春天都快來了，天氣卻寒冷依舊，在車站等待光時，我甚至會搓著雙手呼氣。

這幾個月發生了許多事，令人無法想像離那個時候竟然連半年都不到。

註冊Connect前，我每天都過得渾渾噩噩，想不起來自己做了哪些事。

不知道要為何感到喜悅，不知道要為何感到期待，現在卻不同。

我身邊有光在，有心同學在，有緣司、楓小姐和田中，有許多人在，每天都過得很開心。

儘管煩惱也隨之增加，跟那段空虛的時光比起來，增添了不少色彩。

今天要跟心同學約會，我不小心太早抵達約定地點，她還有半小時才會到。

我看著Connect的聊天視窗，站到當時跟光重逢的位置——

『我穿著米色長外套。妳呢？』

『啊，我也穿米色！我穿的是絨毛外套！』

『我們都穿米色耶（笑）』

『對呀（笑）』

重看當時的對話。真沒想到之後光會出現在約好的地點。

——「「為、為什麼……」」

驚訝歸驚訝，那個時候我確實感覺到了。

跟她重逢的喜悅，以及內心的悸動——

「為什麼不回我……」

光從上星期到現在，都沒回過我的ＬＩＮＥ。平常她一定會在一天內回覆，有什麼讓她不想回覆的原因嗎？如果是這樣倒還無所謂，我有點擔心她是不是處於無法回應的狀態。

離心同學到來還有一些時間。

現在是假日中午，光今天搞不好排了打工。這個想法閃過腦海時，我已經從車站前面走向光打工的咖啡廳。

光打工的星巴可，從車站走過去只要五分鐘。儘管沒有特別想喝飲料，只為了見光就去到店裡會給店家造成困擾，我便排進排到店外的隊伍。

途中有一面巨大的招牌，上面印著期間限定販售的星冰爽。

星冰爽是種在甜膩的飲料上擠滿鮮奶油的飲料，熱量應該跟拉麵差不多，不是能在吃午餐前隨手買一杯來喝的東西。

還是點菜單底下用小字列出的拿鐵吧。

隨著隊伍前進，我看見穿綠色圍裙的店員。

我在其中尋找光的身影，卻沒有發現她，就這樣排到櫃檯。

「一杯拿鐵。最小杯的就好。」
「一杯拿鐵是嗎？」
櫃檯的店員共有六人，全都不是光。
「那個，不好意思，請問高宮小姐今天在嗎？」
店員小姐因我突如其來的提問感到驚訝，看了我的臉一眼後回答：
「她今天沒排班……你是光的朋友嗎？」
「嗯，算是吧。」
店員望向時鐘。
「我快下班了，方便跟你聊幾句嗎？」
工藤小姐這位年紀跟我差不多的女店員，走到坐在店裡的我正面的座位坐下，手中拿著看不見內容物的星巴可隨行杯。
「不好意思，讓你久等了。」
「不會，請問妳找我有什麼事……？」
工藤小姐稍微往我這邊彎下腰，壓低音量說：

「光最近是不是遇到什麼挫折啊？」

「咦……？」

「她從上星期開始就沒來上班。她似乎只跟店長說，請讓她休息一段時間……」

「這樣啊……」

上星期，是跟我見面之後嗎？

「其他同事也很擔心……我想說既然你是她的朋友，會不會知道什麼……」

「對不起，我也是因為聯絡不上她，才來看看情況。」

「這樣啊……」

居然連打工都請長假，這下我真的開始擔心了。

不過，光已經先跟店長說要休息一段時間，由此可見出意外或受到事件牽連的可能性降低了。

是心理因素所致嗎？上星期見面時，她就不太對勁。

「對不起，耽誤你的時間。」

「不會……我才要謝謝妳。」

和工藤小姐道別後，我走向跟心同學約好的地方，滿腦子都在想光。

那傢伙在幹嘛啊？

「心同學，午安。妳到了啊，對不起讓妳等我。」

抵達車站時，心同學已經來了。平常總是我先到，感覺有點新鮮。

「翔同學，午安。一直以來都是我讓你等，今天我想比你早到……因為今天是特別的日子……」

跟平常不同，心同學穿著淺色牛仔褲搭白色T恤，頭上戴了頂米色的帽子。最不同於以往的，是她戴著飾品。

造型簡單的銀色項鍊、手鍊，以及輕輕搖晃的耳環，都是她平常不會戴的東西。那大概是跟光一起買的吧。

「妳今天感覺跟平常不太一樣耶。」

「是的，上星期我和光出去逛街，買了很多東西……！衣服是天借我的，她建議我偶爾可以試試看這種風格……你覺得怎麼樣……？」

她平常穿的連身裙或長裙那種符合形象的服裝，當然非常好看。不過今天這種打扮也有種反差感，感覺挺不錯。

「很適合妳。妳穿什麼都好看呢。」

「謝、謝謝尼……」

「對了，心同學，這星期妳跟光見過面了嗎？」

聽見這個問題，心同學的表情從羞澀轉為困擾。

「這……上星期約出來之後，她就再也沒有回過我訊息……」

心同學也是啊……

「說不定是我害的……」

「發生什麼事了嗎？」

心同學一臉愧疚，有點難以啟齒的樣子，不曉得是不是知道什麼。車站前面人潮眾多，不方便好好說話，最好換個地方也說不定。

「先找家店進去吧。」

「……嗯。」

我們來到常去的那家咖啡廳，穿過森林般的入口從店門進入店內，同樣點了蛋包飯來吃。

唯有今日，即使面對蛋包飯，我還是心煩意亂。

「光好像連打工都請長假了。」
「這樣啊……其實……上星期我和她起了一點爭執。」
心同學以這句話作為開場白，低著頭不肯看我的眼睛。
「原因是什麼？」
「這個嘛……對不起，不能告訴你。」
「那我就幫不上忙了……」
不能告訴我，代表是女性之間的問題……？
即使如此我還是想知道，畢竟現在是這種狀況。都到了這個地步還是不肯跟我講，表示有其他原因。
例如……和我有關。
「可是我覺得如果是那場爭執害的，不至於連打工都要請假。她請長假或許還有其他原因。你上次見到她是什麼時候呢？」
「上星期六。晚上跟她聊了幾句。」
「大概是我們剛解散的時候……！我們在晚上七點左右道別的。」
「對，光當時也說她那一天跟妳出去玩了。」

「你記得你跟光聊了些什麼嗎？」

跟光的談話內容中，沒什麼特別的事情。只有比平常更無精打采這一點令人在意。不過那是因為她跟心同學吵架了吧？

「就只是些無關緊要的閒聊。可是她沒什麼精神……」

「…………」

心同學大概想到了什麼，便低下頭。這副模樣比起想事情，更像陷入消沉。

「算了，既然妳不知道，那也沒辦法。過沒多久她就會若無其事地跑出來吧。我們先吃蛋包飯吧！」

「好的……」

我看最好不要再聊這個話題，免得心同學壓力太大。

既然不清楚她們爭執的原因，我就幫不上忙。

「好了，打起精神！以光的個性，肯定只是吃太多，動彈不得啦！」

「呵呵！就算是光，也不會這麼誇張吧？」

「不不不，她曾經幹過這種事……」

放學後不停在路上買東西吃，肚子都快撐爆了，在我家吃飯時卻因為「這麼好吃的東西不吃太可惜」，硬把食物往嘴裡塞……

「原、原來真的發生過啊……很像光會做的事。呵呵呵！」

心同學笑著談論光，用雙手掩住嘴巴。這個動作很像光，導致我有點心跳加速。

「心同學，妳以前是這樣笑的嗎……？」

沒記錯的話，心同學會用一隻手掩嘴，可是她應該從來沒有雙手掩嘴過。

「咦……我、我沒有特別注意……」

這句話聽起來只是結巴，不過她的表情不知為何給人一種驚慌失措的感覺。宛如掩飾謊言的孩童。

「比、比起這個，這家店的蛋包飯今天也好好吃。」

心同學帶著跟初次見面時判若兩人的笑容，用跟那副纖細身軀形成反差的速度吃完蛋包飯。

她吃得津津有味——就像光一樣。

「對不起，我看妳吃得那麼開心，不小心看呆了。我馬上吃完。」

「慢慢吃就好。」

我急忙將蛋包飯送入口中，免得讓先吃完的心同學等我，她拿著溼紙巾湊過來。

Kokoro

「沾到番茄醬嘍？」

「啊，那個……」

心同學用溼紙巾擦掉我嘴邊的番茄醬，微微一笑。她今天怎麼了？是不是跟平常不太一樣？

對了，碰面時她說過。

——因為今天是特別的日子……

那是什麼意思？

「偶粗飽惹。」

我滿嘴都是蛋包飯，雙手合十，心同學便露出溫柔的微笑，有如看著孩子吃飯的母親一般。

「那我們走吧。」

「好的！」

我吞下蛋包飯，並且站起身。下一個目的地是電影院。由於票已經訂好了，可以直接進去。

原作是少女漫畫的話，我有點擔心我這個男生不太喜歡。可是看過電影的劇情大綱和預告之後，我也產生了一些興趣，便決定向心同學借原作來看。

結果我也很期待電影，原作也不錯。

如果沒遇見心同學，我大概會斷定自己不適合看少女漫畫，不會去接觸。就像如果沒遇到光，我就不會發現咖啡廳的魅力一樣。

「心同學，謝謝妳今天約我來。」

「不、不會！我才要謝謝你陪我……！」

由於今天是假日，電影院人滿為患。雖說我們先訂票了，預約票專用的售票機前面也排了一堆人，沒辦法立刻進入影廳。

「心同學，小心不要走散了喔。」

我對著左邊矮我二十公分左右的心同學這麼說，她便將自己柔軟光滑的手滑進我的手中作為回應。

「那麼，請你像這樣抓著我的手。」

約二十公分的身高差。來自那個位置的話語，使我的左手滲出汗水。

不只手掌，臉頰和身體都在發燙。再加上心同學說的「今天是特別的日子」，是平常感受不到的非日常感，導致我的心臟跳得這麼快嗎？

「純、純粹是為了防止我們走散……！」

這句話聽起來像在表示：「不、不是我想跟你牽手喔。」、「你可別誤會。」

用不著刻意強調，我也知道。

「就算妳這麼說，我還是有點緊張耶。」

「你會緊張嗎？因、因為跟我牽手……？」

「當然會啊。妳那麼可愛，我想每個男人都會小鹿亂撞。」

「是、是這樣嗎……？」

我們牽著手排在售票機前面的隊伍裡。

心同學的右手過了數分鐘才放開我那被溫暖的左手。或許是她考慮到單手取票不方便，牽在一起的手自然而然鬆開了。

「我第一次跟弟弟以外的男生牽手……」

「對喔，妳有個弟弟。之前送田中回家的時候看到過……」

「是的，他是我弟。」

不愧是初音家，心同學的弟弟擁有端正的五官。如果頭髮再長一點、身高再高一點，會有點像少年風格的心同學。

田中也一樣，每個人都擁有類似的相貌。而且還超級美形，沒有比這點更令人羨慕的了。

要是我的眼神更溫柔一點，就不會被人說像流浪貓老大了吧。

「對了，我用網路訂票的時候擅自選好座位了，這個座位可以嗎？」

「當然！我視力很好，坐哪裡都可以。」

光會戴隱形眼鏡，不過白天就算不戴，也還不至於影響生活。然而一到暗處，她好像就會突然什麼都看不見，在電影院絕對得戴隱形眼鏡。

她明明有近視，卻懶得戴隱形眼鏡，有時還會不戴來約會。

因此要看電影的時候，我習慣選前面的座位，以防萬一。

明明今天跟我約會的人是心同學，用不著這麼做。

「那我們走吧。」

「好！」

影廳裡全是女生，稱不上自在的空間。可是，電影好看到我完全不會坐立難安。

每當帥氣的男演員講出關鍵臺詞，觀眾就會一陣騷動，我望向旁邊，好奇心同學是不是也一樣，結果並沒有。不僅沒有，她還跟我四目相交。

「對、對不起……」

「不、不會……」

心同學如此咕噥，立刻將視線移回大銀幕上，臉頰紅通通的。是大銀幕發出的紅光所致嗎？還是……

「真好看。」

「是的！我放心了。」

「放心？」

「因為你也覺得好看……」

少女漫畫是創作給女性看的故事，所以我這個男生搞不好不會喜歡，心同學大概在擔心這一點。然而我對這部電影非常滿足，完全不必擔心。

登場人物的對話之中有好幾個笑點，我屢次差點忍不住笑出來。

「那兩個人一天到晚在吵架呢。」

「對呀……就像你和光。」

我在看電影的過程中也多次這麼覺得。心同學說那個帥哥跟我有點像，我也覺得女主角和光有幾分相似。

「因為我和她也一天到晚吵架。」

所以才會分手。

契合度百分之九十八，一定是計算錯誤吧。畢竟我們要是這麼合得來，應該就不會吵架了。

「不過也有人說感情越好越容易吵架。我聽你們聊天時，從來都不認為你們兩人關係差喔？」

「因為跟關係差可能不太一樣吧……？但我不知道光是不是也這麼認為……」

「如果她真的討厭你，我覺得她不會忍受跟一個常吵架的人交往。你們交往了三年耶？光肯定很重視你。」

心同學突然這麼說，帶著慈祥的表情從電影院所在的大樓——Mint神戶的九樓俯瞰窗外。

電梯前擠滿剛看完電影的人，無法一次載下所有人的電梯留下我們兩個便下樓了。

「看完電影，我有個想法。」

「……嗯？」

「翔同學果然應該跟光在一起吧。」

「怎麼突然講這個……」

心同學將視線從窗外移到我身上。

眼眶泛淚，跟她身後的高樓大廈一樣閃閃發光。

她為什麼要哭呢？

「翔同學，我有個請求。」

「請求……？」

「請你強行去見光！這樣下去，說不定會再也見不到她……」

她一副走投無路的樣子。我從那副表情當中感覺到危機，卻完全無法理解為何會再也見不到光。

「妳和光怎麼了嗎？」

「是我害的……都是我害的……！」

心同學嚎啕大哭。我把手放在她肩上拍拍她的背，便發現她在發抖。

雖然不知道發生了什麼事，她肯定一直懷著罪惡感。而這部電影成了契機，讓它浮現水面。

「妳很溫柔，會為別人如此真心哭泣，光不可能真的對那麼溫柔的妳生氣。肯定是妳誤會……」

「不是誤會……！是我多管閒事，她才會……！」

「……總之先移動到可以坐下來好好說話的地方吧？」

繼續站在這裡遲早會有其他人出現，看見心同學哭泣的樣子。

她現在失去冷靜，或許會說這種小事並不重要，可是事後她絕對會覺得羞恥……

我牽著心同學的手，走向沒什麼人的公園。

當我們抵達時，心同學似乎恢復鎮定了，不再哭泣。

「對不起，我沒能控制好情緒……」

「沒關係，妳冷靜下來就好。」

之後過了幾分鐘，她仍然沒有告訴我為什麼她說是她害的。

「心同學，妳不能跟我說說妳上星期跟光見面時，發生了什麼事嗎？」

「……跟你說的話，就太不公平了。」

什麼叫不公平？妳不說我不知道啊。不過，假如說了又會害心同學產生罪惡感，為了她著想，別告訴我肯定比較好。

既然如此，我現在能做什麼呢？

「心同學……我該怎麼辦才好呢？」

心同學珍惜地用雙手捧著我在路上買給她的五百毫升礦泉水，直視前方。

橙色街燈照亮那美麗的容顏。

「這個問題的答案，會視你想怎麼做而改變。可是，無論如何你都得去見光一次。如果就這樣再也沒見過她，即使被你選上，我也會一直不安……」

即使被我選上，即使我選擇不再見光，心同學也會一直不安。

我將零散的提示拼湊在一起，想到一個可能性。

我跟別人建立關係時總會想：「這個人不曉得是怎麼看我的。」然後止步於此，沒有繼續加深關係。

所以我才交不到朋友，沒辦法對光說出真心話。和心同學相處的時候也是，我覺得自己無意間跟她保持了一小段距離。

那個壞習慣，在和光分手後變得特別明顯。

要是太靠近對方，招人反感怎麼辦？要是再也見不到面怎麼辦？我養成了這種害怕失去，寧願逃避的習慣。然而面對跟我有同樣習慣的緣司，我大膽跳進他的心房，高高在上地叫他不要害怕失去。

我有什麼資格說人家？

「我不懂妳想表達的意思，但我也隱約察覺到這樣下去並不行。」

跟光吵架後，我以為明天再道歉就好、下星期再道歉就好、下個月再道歉就好，不斷逃避，才會淪落到度過沒有她的一年。

再也不想回到那樣的生活了。

我不會再逃避。

如果明白傳達自己的心情，結果被討厭了，那也沒辦法吧。

要是因為沒去做而後悔，事後一定會永遠忘不了，殘留在心中。不過如果鼓起勇氣採取行動，是不是會好一點呢？

畢竟當時我已經全力以赴，這樣都還沒辦法，代表超出我的能力範圍吧——既然如此，我……

「我要去見光。她沒去打工的話，我就去她家看看。我認識她的父母，他們應該會讓我見光……」

「……好的。我也會試著一直聯絡她……雖然不知道她會不會回覆。」

「麻煩妳了。」

拖延並不好。不能又像以前那樣，想著明天再處理、後天再處理，將問題擱在一旁。因為我很了解自己的個性。

「我打算現在就去，妳呢？」

心同學先用智慧型手機傳了訊息給某人，之後站起身。

「我也要去！」

我瞄到她的螢幕，上面顯示著「媽媽」。八成在跟家人報備今天或許會晚歸。

我們馬上從公園走到車站，前往光的家。

上次來這裡，是光喝醉那一天。當時我也看過高宮家，跟我們交往時一模一樣。

門口掛著印有「高宮」二字的銀色厚門牌，底下開著藍色牽牛花。

這個花盆會視季節種植不同的花，看來那裡的花似乎是由光挑選、栽培的。明明來過好幾次，和那個時候給人的感覺卻截然不同。

「我要按電鈴嘍。」

我向身旁的心同學確認，她默默點了點頭。

叮咚——電子音響起，門口的燈泡在兩秒後打開。屋內傳來女性的應門聲，我明確認出那是許久沒聽見的光媽媽的聲音。

大門開啟，我跟和一年前相比起來毫無變化的光媽媽對上目光。

「晚安，好久不見。」

「翔……！」

她因為女兒的前男友突然出現而大吃一驚，接著立刻露出了然於心的表情。

「原來如此，跟你有關嗎……！」

「……嗯？」

光媽媽對屋裡的人講了幾句話。我聽不清楚，只聽見她提到「孩子的爸」，大概是跟光的爸爸說我來了。

很久沒見到他們了，好緊張。

「你是來見光的嗎？」

「是的。這位是心同學，光和我的朋友。」

「伯、伯父伯母好！」

心同學鞠躬問好，光媽媽也幾乎在同一時間低下頭。

「我有很多話想跟你說，站在門口說話不太好，要不要進來坐坐？」

我和心同學望向彼此，點了點頭。

玄關跟以前差別不大。

老舊的木製鞋箱上面裝飾著光小學時做的紙黏土蛋包飯，旁邊有個銀色小盒子，裡面放有三把家裡的鑰匙。

從玄關踩上有高低差的室內，右手邊就是樓梯，離二樓的樓梯最遠的房間，是光的房間。看到我們一起爬過好幾次的樓梯，當時的記憶浮現腦海。

我先上樓的話，光總會從後面戳我屁股，嚷嚷著：『好有彈性喔，跟麻糬一樣。』

我們走進客廳，剛好在播連續劇，電視前面那張沒有棉被的暖桌上放著杯子。光媽媽沒有坐在桌前，而是坐在中島式廚房正面的餐桌前。

「你們也坐下吧？」

「「好的。」」

光媽媽一直面色擔憂、坐立不安的，似乎想問我什麼。

「光現在在家嗎？」

「在是在……」

「……嗯？」

「可是她幾乎沒有走出房間過，整天無精打采……」

光媽媽擔心地摩擦雙手，這時客廳的門打了開來。

「翔，好久不見。」

「好久不見，伯父。」

光爸爸的個性沉穩慎重得難以想像是光的父親。他身材纖瘦、戴著眼鏡且神情溫和，是個和藹可親的人。差不多一年半沒見到他了吧。

「光怎麼說？」

「我告訴她翔來了……她說不想見他……」

「這樣啊……」

光媽媽垂下肩膀，彷彿在表示唯一的希望也落空了。

八成是因為她以為閉門不出的光只要聽見我來了，說不定就願意踏出房門。

「她沒精神是從上星期六開始嗎？」

「……是啊，記得是那一天沒錯。」

聽見光媽媽的回答，心同學愧疚地低下頭。

「你們知道原因嗎？可以的話，請你們告訴我。我們很擔心光……」

她說得沒錯。女兒突然關在房間，不可能不擔心。可是我也不知道詳細原因，心同學又說不能講……假如告訴她心同學知情，她應該沒辦法在這兩個人面前隱瞞到底。

「我們也不清楚。」

「翔同學……」

「我從上星期六開始就聯絡不上她，所以才來看看情況。」

「原來如此……看到你來，我還以為她肯定跟你吵架了……之前曾聽說你們又開始聯絡了。」

「這樣啊。可是，光會因為跟我吵架這點小事，就把自己關在房間裡嗎？我們以前很常吵架……」

光媽媽不安的神情終於產生變化。她先是驚訝，然後苦笑出聲。

「你什麼都不知道對吧？」

「咦？」

光媽媽用雙手掩住嘴角，露出苦笑。這個跟光一樣的動作，以及跟光一樣的面容，使我看到光的影子。就在這時，光爸爸微笑著補充：

「那個光每次跟你吵架都會變得很消沉，嚴重到甚至吃不下飯。頻率高達一個月一次，簡直累死我們了。」

「沒錯、沒錯。我們去關心的時候，光總會抱怨你好幾個小時。他剛開始都會幫你說話，說你也有自己的苦衷，可是光聽了會生氣……呵呵！」

「儘管如此，最後又會哭著說想跟你和好。」

跟她交往的時候，我從來沒聽說過。

每次和光吵架，我也都會難過，不過就算想找人傾訴，跟家人講這個怪難為情的，和我感情最好的爺爺說，感覺又會嘲笑我……

「跟你分手的時候，她非常難過喔？整天都不下床，讓人懷疑她的身體是不是跟被窩黏在一起了。」

「我硬把她的被子掀開，還被罵了好幾次……」

「不好意思，伯父……」

兩人喜孜孜地聊著光的事蹟，感覺得出來他們真的很疼她。

「可是啊，有天她突然變得很有精神。我想大概是跟你重逢的那一天。」

「嗯。記得是在二月中旬吧？」

我和光確實在二月中旬重逢。

「和翔聊過後，我放心了一些。」

「嗯，我也是。」

不知何時，兩人的表情從剛才的不安轉為平靜。

「因為她現在有你陪在身邊。」

「既然有你在，過沒多久就會恢復精神了吧。」

「她一定會跟以前一樣突然笑著，大叫肚子餓了。」

兩人相視而笑，緬懷往昔。

要是他們比較放心了，那就太好了。光是這樣，今天跑這趟就有意義了。然而事情還沒結束。

「伯母，伯父……我可以上二樓嗎？」

短短一句話，就將我想去見光的意圖傳達到了。他們默默點頭。

「心同學，可以請妳在這邊等嗎？」

「……好的。」

二樓有兩個房間。我靠到最裡面那間房間的房門上，席地而坐。

光就在裡面。光，妳現在是什麼樣的表情？是什麼樣的心情呢？一下下也沒關係，跟我聊聊好不好——

「光。」

「……回去。」

門後傳來的聲音帶著哭腔，一聽就曉得她哭過。

「我想跟妳聊聊。」

「我現在不想聽。」

「那妳之後就願意聽嘍？」

「……等我心情平復再說。」

「這樣啊……」

「我會聯絡你，所以現在……」

我不知道光和心同學之間發生了什麼事，不能貿然過問。

我現在能做的，只有等待。其實我想立刻將自己的想法告訴她，也是懷著這個打算才會來這裡。然而對於光而言，她或許不想現在聽。

我不想再影響她的心情。

「那麼我等妳。等妳心情平復、恢復精神再說，慢慢來沒關係……我會等妳。」

「……謝謝。」

「所以，下次——」

「……嗯。」

再也不想沒把話說清楚就分開了。因為我不希望我們再也無法回到以前的關係。

「——下次一定要好好談談。」

後記

「看，我是不是有點禿頭啊？」

前陣子回老家的時候，家母露出自己的頭頂這麼說。

以前身邊的人都會誇她：「你媽真年輕，好漂亮喔。」回過神時她已經老了，最近很少有人這樣說。

不好意思，這麼晚才自我介紹，感謝各位閱讀本書。我是ナナシまる。

我之所以突然提到家母，是因為寫這篇後記的時候，母親節剛好快到了。

要為她做什麼？要送什麼禮物？我每年都在煩惱，經常什麼都沒送、什麼都沒做，母親節就過了。

我猜本作的讀者大多是年輕男性，接下來這段話是以此為前提寫下的。

年輕男性是不是普遍不擅長坦率傳達自身的感受呢？我也一樣。

媽媽每天都早起幫你做便當、叫你起床免得你遲到、每天煮飯給你吃，還會幫忙打掃、洗衣服。偶爾向這樣的她傳達謝意怎麼樣啊？

我成年的時候，請家母吃了不是吃到飽的高級肉，她非常開心，我至今依然記得很清楚。各位讀者看到這篇後記，如果覺得這麼做還不錯，也請試著向母親傳達謝意。她一定會把臉別開害羞地說：「突然講這個做什麼？好可怕……」真是傲嬌耶。

男人這種生物都超喜歡媽媽，即所謂的母控。

雖然說著這些事情，本書發售時母親節已經過了（註：本文所指為日本當地的販售狀況）。感謝的話語隨時隨地都能跟媽媽說喔。

家母跟我講過好幾次：「寫我的故事啦！」我想藉由在後記提到她，表示我的孝心。話雖如此，我媽不會幫我做便當，還會把家事丟給我做，整天只會坐在和室椅上看韓劇……拜其所賜，我很早就獨立了，也是有好處啦。為什麼世上的媽媽都那麼愛看韓劇呢？雖然確實很有趣沒錯。

媽媽，謝謝妳一直以來的照顧。

母控發言到此為止，以下是謝詞。

責編K大人，感謝您總是從旁協助不成熟的我。

寫作以外的問題也願意陪我商量，我經常覺得遇到K大人不只讓我的寫作技術有所成長，也讓我成為一個更加成熟的大人。儘管我還有需要學習的地方，今後也請您多多指教。

這一集也協助繪製插圖的秋乃える大人。

看到初次登場的大天使心的妹妹——天的人設時，我不禁讚嘆：「秋乃老師果然超強的。」至於強在哪裡，我當初提出「長相幾乎和姊姊心一模一樣，卻有種在心身上加入光那種帶有攻擊性的個性的感覺」這種超級模稜兩可的要求，秋乃老師不僅完美達成，還仔細跟兩位女主角作出區別，畫功和創作力令我佩服不已。真的非常感謝您幫忙繪製本作的插圖。若您有機會來神戶玩，可以聯絡我。我很樂意擔任嚮導。

還有校對人員、角川Sneaker文庫編輯部的成員、各家書店的負責人、業務，以及閱讀本書的各位讀者，在此誠心向各位致謝。

其他還有在我所不知道的地方協助本書出版的所有人員，謝謝大家。

今後也請各位多多支持《在交友軟體上與前任重逢了。》和ナナシまる。

那麼，我在第四集恭候各位讀者的大駕光臨。

國家圖書館出版品預行編目資料

在交友軟體上與前任重逢了。/ナナシまる作 ;
Runoka譯. -- 初版. -- 臺北市 : 臺灣角川股份有限公
司, 2024.01-
冊 ; 公分. -- (Kadokawa fantastic novels)
譯自 : マッチングアプリで元恋人と再会した。
ISBN 978-626-378-409-3(第3冊 : 平裝)

861.57 112019542

Kadokawa
Fantastic
Novels

在交友軟體上與前任重逢了。 3

（原著名：マッチングアプリで元恋人と再会した。3）

2024年2月19日　初版第1刷發行

作　者：ナナシまる
插　畫：秋乃える
譯　者：Runoka

發 行 人：台灣角川股份有限公司
總　監：呂慧君
總 編 輯：蔡佩芬
主　編：林秀儒
編　輯：彭曉凡
設計指導：陳晞叡
美術設計：莊捷寧
印　務：李明修（主任）、張加恩（主任）、張凱棋

發 行 所：台灣角川股份有限公司
地　址：104台北市中山區松江路223號3樓
電　話：（02）2515-3000
傳　真：（02）2515-0033
網　址：www.kadokawa.com.tw
劃撥帳戶：台灣角川股份有限公司
劃撥帳號：19487412
法律顧問：有澤法律事務所
製　版：尚騰印刷事業有限公司
ISBN：978-626-378-409-3